El Sonido del Nacimiento

El Sonido del Nacimiento

Gustavo Perez

To order additional copies of this book, contact:
Xlibris
844-714-8691
www.Xlibris.com
Orders@Xlibris.com
842736

Contents

Lilith

Agradecimientos:

Quiero empezar agradeciendo a las tres personas que mostraron su interés en el libro y que aportaron algo a este aparte de mi.

Mi mamá Isabel Victor
Mi papá Gerardo Pérez
Y mi hermano menor Aaron Alvarado

De ahí quiero agradecer a todas las personas que estuvieron a mi alrededor interesados en el libro.

Familiares:
Tía Sugey Pérez.
Tío Aramis Alvarado.
Mi hermano mayor Edwin Pérez.
Mi cuñada que es como mi hermana Diana Méndez.
Mi abuelo Antonio Pérez.
Shirley Pérez.
María Granados.
Kenneth Pérez.
Fabián Pérez.
Beto Pérez.

Amigos:
Mariana Mendoza.
Dayana Pineda.
Kenneth Monge.
Krista López.
Cris Navarro.
M Segura.
Leo Bustamante.
Valeria Alvarado.
Joss López.

También quiero agradecerle y dedicarle este libro a una persona que ya no está aquí con nosotros su nombre era Diego, dónde quiera que esté estoy seguro que estará orgulloso de esto.

Y finalmente quiero agradecerle al ser que estuvo conmigo todo el tiempo que estuve escribiendo este libro:

Pushie Alvarado Pérez.

Y en general agradecimientos a todas las personas que leerán este libro, he puesto todo mi empeño y dedicación en hacer un libro interesante y exponer en el parte del mensaje que como autor quiero dejar, muchas Gracias por leer.

Capitulo 1

Al principio…

4005 A.C

Al principio el universo solo estaba conformado por la gran familia divina, eran los únicos seres que existían, nacidos de la nada, creados por la casualidad tal vez, fueron hechos el Dios de todo y su esposa Asherah, juntos dieron vida a los ángeles, a los arcángeles que eran mayores que los primeros, a los querubines que eran mayores que los tres anteriores, y los serafines que eran los mayores de todos.

Todo marchaba bien, pero el Dios de todo no se conformaba con lo que tenía, quería más, quería crear más, Asherah su esposa al principio se oponía a esto, pero luego aporto vida y fuerza a la idea, entonces la galaxia fue creada, pero el lugar más importante era la Tierra, o Paraíso como Dios decidió llamarle, tenía animales, tenía vegetación, tenía vida, tenía agua, tenía lava, tenía todo lo necesario para que seres vivieran ahí, pero, ¿Que seres?

"Sí haces lo que piensas hacer, podría causar un quiebre con nuestros hijos" advertía la Diosa de la vida a su esposo, mientras esté empezaba a crear lo que el llamó, humanos, se dió la vuelta y miro a su mujer, de cabellos rojos, de piel morena, de ojos grises y de labios carnosos, alta, con la piel delicada y preciosa, " Lo haremos, y el primer ser que crearé será a tu imagen y semejanza" aseguró el Dios de todo.

Entonces empezó a formar a su primer ser, Asherah miraba con curiosidad la creación de su esposo, le interesaba ese ser semejante a ella que el estaba creando y entonces propuso, "Lilith, quiero que se llame Lilith", entonces el Dios de todo sonrió, y terminó de formar físicamente a Lilith el primer ser, la primera mujer.

Entonces empezó a crear el segundo ser, a imagen y semejanza de el, con piel morena, cabello negro y rizado, de tamaño mediano, con piel áspera, ojos grises, y con la diferencia que tenía el con su esposa, le colocó un pene, para que junto a su esposa quien tenía vagina, procrearan seres, se reprodujeran y entonces fueran los padres de la tierra, "Se llamará Adán", dijo Dios mirando a su creación.

Entonces ambos empezaron a llenar de vida y capacidades diferentes a cada uno de ellos, a

Lilith, Asherah le dió resistencia y una fuerza igual la de Adán y Dios a Adán le dió fuerza igual a Lilith y un deseo por procrear mucho más alto que el de Lilith, entonces Asherah le dió vida a

ambos, los primeros Seres humanos han sido creados.

1 A.C.

Una mujer caminaba a la orilla del Jordan, portaba una túnica color azúl, y unas sandalias cafés, la mujer era alta con sus ojos ocultos por la sombra de su velo, su cabello salía del velo era de color rojo, entonces dos hombres a caballo se acercaron a ella.

"¿Quien eres?", Cuestionó uno de los hombres, mientras se bajaban ambos de su caballo, la mujer solo se quedó ahí, parada con la cabeza mirando al suelo, "Te he preguntado tu nombre, Mujer", entonces la mujer se acercó lentamente al hombre que le hablaba sin levantar la cabeza, " ¿Debería decirle mi nombre a un desconocido?", Entonces la mujer dejó caer su túnica, quedando completamente desnuda.

Ambos hombres sonrieron picaramente ante la acción de la mujer, "veo el tipo de mujer que eres" dijo el hombre al que la mujer se acercó, entonces el la tomó y le quitó su túnica, dejando ver sus ojos, estos eran de color rojo como la sangre, "No tienes idea" entonces ella se soltó de el y con una brutal fuerza lo tomó del cuello levantandolo ante la mirada aterrorizada del otro hombre, "preguntaste por mi nombre, mi nombre es Lilith".

Luego de decir esas palabras tiró al hombre al suelo, empezó a golpearlo violentamente a puñetazos en la cara, una y otra vez, su fuerza era inhumana, la sangre del hombre salpicaba su cara, hasta que de la fuerza con la que lo golpeaba, le quebró el cráneo.

Con su cara llena de sangre se volteó y miró al otro hombre, "¿Conoces a Marie de Nazareth?" Cuestionó mirando al hombre, con un semblante terrorífico, a lo que el hombre temblando y con gran terror en sus ojos respondió, "Si, he oído de ella es la mujer de José el carpintero, debes ir a Nazareth y preguntar por el", la mujer se acercó al hombre y acercándose a su oído le susurró, "Gracias Corre", el hombre inmediatamente se dispuso a correr pero antes de siquiera avanzar unos 15 metros, un ser femenino de gran tamaño apareció frente a el, el ser parecía celestial, tenía un vestido color blanco, cabellos blancos, y ojos celestes, era de piel clara.

"Esto fue innecesario, Lilith" dijo el ser para luego aplaudir en la cabeza del hombre causando que su cabeza explotará, llenando de sangre al ser, "Ahora ya sabemos más de ella, Raguel", aseguró la mujer con apariencia diabólica, "Pues vamos a por ella" Respondió Raguel.

4005 A.C.

Recuerdo ese primer suspiro, a la orilla de ese lago, sintiendo el sol de la primera mañana, el viento chocando con mi rostro, las aves cantando, todo era nuevo para mi, entonces me levanté y miré a mi alrededor, era precioso, lleno de árboles, de flores, de todo tipo de animales corriendo y jugando, todo era perfecto.

Decidí explorar el lugar, entonces ví por primera vez mi reflejo en el lago, era hermosa, pelirroja, con ojos grises, de piel morena, mis labios, alta y con una piel suave, delicada, irradiaba belleza, entonces un nombre empezó a sonar en mi mente, "Lilith" dije en voz alta al verme reflejada.

"Si, ese es tu nombre" dijo un ser detrás de mi, al voltearme, observé a un ser grande, cubierto completamente por un tipo de armadura color gris, solo sus ojos brillantes y blancos se divisaban en esa gran armadura, portaba una espada, arco y flechas, "¿Quien eres?" Pregunté a aquel ser, " mi nombre es Metatron, soy la mano derecha del altísimo y también el encargado de enseñarles lo que deben saber sobre este lugar", aseguró el ser, entonces un hombre se acercó a nosotros.

El hombre era moreno, cabello rizado y negro, ojos grises, de tamaño mediano, y lo que más me llamó la atención era esa protuberancia que le colgaba entre las piernas, yo no tenía eso, "Tu debes de ser Lilith, ¿Cierto?", Dijo aquel hombre, parecía ser bueno, aunque en ese momento ni siquiera tenía idea de lo que estaba pasando.

"Si, soy Lilith, ¿Quien eres tu?" Cuestioné a aquel hombre, "Me llamo Adán, creo que seremos compañeros", dijo el hombre, entonces una gran ráfaga de viento se formó alrededor de nosotros, "No solo compañeros, serán los reyes del Edén" aseguró el ser de la armadura, luego de decir eso, la ráfaga de viento nos fue acercando a Adán y a mi, hasta estar juntos, entonces me tomó y me besó, se sintió bien, nunca imaginé lo que vendría.

1 A.C.

Una mujer se encuentra caminando por el centro de Nazareth, es de mañana y ella va a hacer sus deberes, saluda a todos y todos la saludan a ella, la mujer se ve joven, tiene la piel morena, los ojos cafés y el cabello rizo y largo de color café, portaba una túnica azul y un velo blanco, irradiaba felicidad, entonces es detenida por una mujer misteriosa de túnica roja y un velo rojo que le ocultaba el rostro, "¿Eres Marie?" Cuestionó aquella mujer, "Si, soy yo, ¿Quien eres?", Preguntó la joven asustada a aquella mujer, "Tenemos poco tiempo, debes ir a tu casa recoger tus cosas, te esperaré en la casa de tu hermana Isabel" La mujer solo dijo eso y se fue, dejando a Marie confundida, quien intentó seguirla pero fue inútil, desapareció.

Marie fue a su casa y empezó a empacar sus cosas para ir a dónde la mujer había dicho, no era el primer visitante de este tipo que la mujer tenía, hace ya unos días, un ser de gran luz apareció informando que estaba embarazada del hijo de Dios, así que para la mujer no era extraño, entonces con sus cosas empacadas, se dirigió al lugar que la mujer le había indicado, al llegar vio a la mujer afuera de la casa de su hermana Isabel.

"Haz venido", dice la mujer al ver a Marie llegar, la mujer se quitó el velo, y dejo ver su rostro, tenía piel blanca, ojos verdes y cabello blanco, tenía facciones que hacían ver qué era de las afueras de Nazareth, como su nariz, se veía delgada y pequeña, "¿Ahora me dirás quien eres?", La mujer le dió una hoja a Marie, el papel decía 'Marie de Nazareth, debes protegerla y llevarla a un lugar seguro, es la madre del hijo del altísimo' la mujer tomó las manos de Marie y le dijo, "Me lo dieron hace dos días, viaje hasta acá buscándote, iremos a un lugar seguro, mi nombre es Miriam" Dijo la mujer con un tono amable.

Entonces Marie se dispuso a ir con ella, caminaron unos 100 metros hasta llegar al caballo de Miriam, entonces Miriam sintió algo, una presencia las observaba, entonces se dió la vuelta y vio a Lilith y a

Raguel detras de ellas, Raguel apuntaba con un arco a Marie, "Bruja, no se quien eres, pero debes dejar a la mujer que te acompaña o caerás junto a ella" amenaza el ser celestial, Miriam no contestó solo se preparó para pelear, sacando su espada y liberando su poder, sus ojos se volvieron completamente rojos y empezaron a brillar, mientras tanto Lilith se quedó mirando a Marie, sus ojos se pusieron llorosos, lágrimas empezaron a recorrer su mejilla, mientras Marie la miraba confundida, "Raguel, no podemos hacerlo" dijo Lilith con la voz quebrada, "¿Que?" Preguntó confundida, "Tenemos que irnos, no podemos hacer esto" pidió la pelirroja llorando, pero Raguel la ignoró y se dispuso a disparar, entonces Lilith se puso frente al arco, "Bájalo" dijo la demonio.

"No sé que te está pasando, pero no pienso dejarla irse, sabes lo que pasará si el niño nace" Asegura el ser celestial mirando confundida a Lilith, Entonces Lilith saco sus dos hachas y cortó el arco a la mitad, "Dije que no lo harás", la pelea estaba a punto de empezar, Raguel sacó su espada, dispuesta a atacar a la que hasta hace unos momentos era su compañera, "¡Corran!" gritó Lilith para luego atacar a Raguel, Marie y Miriam se fueron del lugar.

4005 A.C.

Las cosas en el Jardín del Edén iban yendo bien, pero Adán estaba inquieto, recuerdo que siempre quería tener sexo, a mi también me gustaba pero sabía que tenía otras responsabilidades era la reina de la tierra, tenía que ayudar a los animales, cuidar el jardín, pero el solo quería coger todo el tiempo, lo había rechazado varias veces, nunca había hecho nada, pero esa vez fue diferente.

"Eres mi mujer, te digo que quiero estar contigo" Dijo Adán tomándome el brazo bruscamente, entonces me solté y lo empujé a un lado, " me vuelves a tocar así y te voy a acusar con Metatron" dije enojada, entonces Adán tomó una piedra y me golpeó la cabeza con ella haciéndome caer al suelo, ya en el suelo me tomó bruscamente y empezó a penetrarme analmente, el dolor era intenso, el ni si quiera me preparó solo lo hizo, le suplicaba que me dejara pero no lo hizo, quería que parará, deseaba que se detuviera, entonces dije lo que estaba prohibido decir "yud-hey-vavhey" al decirlo Adán se detuvo, y asustado se alejó, entonces el cielo se volvió oscuro, empezó a llover, pero no era agua normal era roja, los animales corrían aterrorizados, y Adán solo me veía a lo lejos, entonces un rayo cayó y quedé inconsciente.

1 A.C.

La pelea había empezado, Raguel intentaba ir tras Marie y Miriam, pero Lilith no se lo permitía, la lucha era reñida, el choque entre espada y hachas junto a los ruidos de queja de las dos guerreras era la música de aquel momento, en un momento Raguel golpeó la pierna izquierda de Lilith con una patada y luego intento clavarle su espada, pero Lilith la detuvo con sus hachas, "Ella debe morir y lo sabes" la fuerza de ambas estaba poniéndose a prueba, sus rostros demostraban el dolor de la situación, Lilith se rindió y dejó caer sus hachas haciendo que la espada de Raguel se le clavara en el pecho, los gritos de dolor del demonio era estremecedores, "Mejor no te levantes" entonces Raguel abrió sus alas y se fue volando tras Marie y Miriam, pero en ese momento Lilith se levantó, sacó la espada de su pecho y con toda su fuerza desató su más grande poder, apuntando con la palma de sus manos a Raguel, sus manos empezaron a arder, sus ojos empezaron a llorar sangre, y su garganta dolía de la fuerza de los gritos, le lanzó fuego a Raguel, haciendo que está última caiga del cielo, luego de esto Lilith cayó desmayada.

Mientras tanto ya alejadas, Marie y Miriam mira en el cielo la bola de fuego golpear a Raguel y haciéndola caer bastante lejos de ellas, "¿Que está pasando?" Preguntó temblando y llorando la mujer Nazarena, "Es por lo que estoy aquí, muchos quieren que ese bebé no Nazca" dijo la mujer de cabello blanco, Marie se dejó caer al suelo, y empezó a llorar, era mucho peso para ella toda esta situación, "Estarás bien, yo te protegere", Miriam se acercó a abrazar a Marie, quien lloraba y temblaba de terror.

"flechas caían del cielo, sangre salpicaba por todas partes, gritos de dolor de mujeres se escuchaban alrededor, estaba tirada en el suelo, mi compañera Samara luchaba contra soldados, ella gritaba que las ayudará pero no podía moverme, entonces un rayo cayó del cielo, matandolos a todos, el mundo solo era un lugar vacío y lleno de sangre ahora, la única viva era yo"

Lilith es despertada por un hombre quien parece reconocerla, "Eres la mujer de hace un rato, ¿Estás bien?" Pregunta el hombre, Lilith despacio se levantó, aún está débil, "Tu esposa, está en peligro, José", asegura la pelirroja tomando sus hachas y dirigiéndose a buscar a Marie, "Debemos encontrarla, por favor, déjame acompañarte", pide el hombre preocupado por su esposa, Lilith solo asiente y recoge la espada que Raguel le clavó, "Usarás esto, tendremos compañía", dice Lilith dándole la espada al hombre.

Capitulo 2

Vida o Muerte 4005 A.C.

Desperté, el calor del sol me despertó, hacía mucho calor, y escuchaba olas, entonces el suelo empezó a temblar, algo grande se acercaba, al voltearme observé a un ser gigante, desnudo, me miró confundido, estaba asustada, no entendía que pasaba, entonces empecé a correr, el ser me miró correr y luego de unos segundos empezó a seguirme, corría lo más que podía, pero de los nervios me tropecé, entonces el ser se acercó a mi, me tomó en sus manos y me levantó para verme más de cerca, "No me hagas daño, soy la reina Lilith" dije temblando de los nervios, el ser empezó a apretar su mano, asfixiandome, sentía que todo iba a acabar ahí, que era mi fin, pero entonces un hacha atravesó la cabeza del ser, acabando con su vida, caí al suelo.

Del cielo ví bajar a un ser, parecía ser como Metatron pero este no tenía una armadura, solo tenía una túnica negra, era moreno, con cabello gris, ojos azules, y un cuerpo que me dejó sorprendida, se veía mejor que Adán, el se acercó a mí y me ayudó a levantarme, "Lilith, ¿Cierto?" Cuestionó el ser mientras yo me reponía de lo que había pasado, "si, ¿Me conoces?", Pregunté aún un poco asustada, entonces el hombre tomó su hacha de doble filo y la partió a la mitad, dándome las dos pequeñas hachas que habían salido de esa acción, "Eres la humana perfecta, pero el no se dió cuenta de eso", dijo señalando al cielo, entonces me dió una túnica roja para que me vistiera, "¿Cuál es tu nombre?" Pregunté, "Me llamo, Samael", Dijo aquel ser, que nunca imaginé que se convertiría en mi mayor amor y en mi mayor desgracia.

1 A.C.

Miriam y Marie encontraron un lugar donde podían dormir, al menos Marie, porque Miriam se quedó despierta toda la noche, vigilando que todo estuviera seguro, la noche parecía tranquila, hasta que se vio algo entre los arbustos, algo se movía, Miriam sacó su espada preparándose para pelear, entonces de los arbustos salió un ser, era cómo una mujer con el cabello negro y muy largo, completamente pálida, y con la cara podrida, sus colmillos eran muy grandes y sus ojos estaban completamente negros, la mujer estaba en cuatro, y se lanzó a atacar a Marie pero Miriam lo impidió cortándole la cabeza, Marie se despertó.

"¿Que está pasando?" preguntó muy asustada la futura madre de el niño de dios, "Son Valqueris" respondió Miriam, entonces más de esos seres salieron de los arbustos, Miriam tiró su espada al suelo, y levantó sus brazos al cielo, sus ojos se pusieron rojos, entonces sus manos empezaron a brillar y luego ella le lanzó rayos de energía a las Valqueris matando a algunas, la energía de Miriam no era mucha, así que decidió volver a tomar su espada para luchar contra las que quedaban, era inútil eran demasiadas, entonces unas hachas acabaron con el resto de seres, cortándole las cabezas a todos, luego de esto las hachas volvieron a las manos de su portadora, era Lilith.

"Tu, alejate de ella" Dijo Miriam poniéndose frente a Marie y apuntandole a Lilith con su espada, "Te acabo de salvar la vida, pequeña niña tonta, al menos agradece" Asegura Lilith, en ese momento salió José el esposo de Marie de los arbustos, corrió a abrazar a su esposa, "¿Quien eres?" Preguntó Miriam sin dejar de apuntarle con su espada a Lilith, Lilith caminó acercándose a ella, "Eres una bruja, deberías de arrodillarte, soy Lilith", Miriam se quedó sorprendida al escuchar quien era, sin pensarlo se inclino ante la pelirroja, a lo que Lilith la ignoró y camino hacia Marie, "¿Estás bien?" Le preguntó a la mujer, Marie asintió con la cabeza.

Miriam se levanta y se acerca a Lilith, "¿Quien era la otra, la que quería acabar con Marie?" Cuestiona la bruja, Lilith se queda mirando a Marie, y responde, "Es Raguel, líder de la 5ta legión de demonios del Averno, madre de todas las Valqueris y Antigua arcángel de la tierra" explica Lilith, "Quiere acabar con Marie por el ser que lleva en su vientre", dice Lilith, para luego revisar a

Marie y ver si no está herida, "¿Porque te preocupa?, Tu eres un demonio, conozco tu historia, ¿Porque ayudas a Marie?" Pregunta confundida la bruja Miriam, Lilith no contestó, se acercó al caballo de Miriam y empezó a prepararlo para llevar a Marie en el, "Debemos de ir a Belén, ahí nacerá el niño, el camino será largo, hay que empezar ya" Dijo Lilith omitiendo la pregunta de Miriam.

4005 A.C.

Habían pasado semanas desde que abandoné el Edén, Samael, el ángel que me salvó había construido una pequeña cabaña al lado de el mar, me enseñó a cazar animales para alimentarse, varios gigantes habían intentado atacarnos, pero luego de que Samael me entrenara me había vuelto buena con las hachas, entonces juntos hemos matado a unos cuantos, Adán podrá ser el rey ahora, pero nosotros somos los verdaderos reyes.

Recuerdo el primer día que tuvimos algo, estábamos sentados frente al mar, el me arropaba con sus alas, mientras estaba desnuda a su lado, entonces el empezó a hablar, "solo han pasado semanas desde que nos conocimos, pero siento que te conozco desde hace mil años" aseguró el mientras yo esperaba lo que iba a decir, estaba nerviosa, era la primera vez que sentía algo así, que me sentía bien con alguien, no era como con Adán, esto era diferente, "Quiero pasar contigo toda la eternidad", cuando el dijo eso no me pude resistir, lo tire a la arena y me subí encima de el.

Rápidamente rompí su túnica y entonces empezamos a tener sexo, pero más que sexo era hacer el amor, al tenerlo adentro sentía amor, sentía bien, sus manos tocando todo mi cuerpo, mis gemidos que eran señal de la felicidad y de lo bien que lo estaba pasando, eran el canto de el amor, era el arte de el amor, lo hicimos por toda la noche.

Luego de hacerlo al menos unas 30 veces, me quedé recostada en su costado, el acariciaba mi espalda, "Tu debiste ser Adán, hubiésemos hecho un mundo perfecto" dije segura de mis palabras mientras lo abrazaba, "Dicen que el mundo fue hecho para dos, creo que somos nosotros esos dos" entonces lo besé y me volví a subir encima de el para hacerlo otra vez.

1 A.C.

Una mujer se encontraba tirada en el camino hacía Nazareth, un hombre en su caballo se detuvo a ver qué le pasaba, al acercarse vio que la mujer tenía una especie de dagas saliendo de sus brazos, aún así el hombre intento despertarla, la mujer despertó y bruscamente puso al hombre contra el suelo, "¿Dónde estoy?" Cuestionó la mujer poniendo su rodilla en la nuca de el hombre, "Estás en el camino hacía Nazareth, te he encontrado y he intentado ayudarte, ¿Estás bien?" Preguntó el hombre aún estando sometido por la mujer, "Si, lo estoy" la mujer lo dejó, y se levantó, caminó unos metros, se agachó y empezó a olfatear el suelo, "¿Que haces?" Pregunta el hombre, "¿Cómo te llamas?" Pregunta la mujer sin dejar de olfatear el suelo, a lo que el hombre nervioso le respondió, "Mi nombre es Giovanni, Giovanni de Seforis" respondió nervioso el hombre, "Bien, Giovanni, vendrás conmigo, me ayudarás a encontrar a una amiga" dijo la mujer para luego subir al caballo del hombre, este último subió a la parte de atrás.

Mientras tanto, Lilith y los demás seguían su camino hacía Belén, aún no habían tenido ningún problema, pero Lilith sabía que faltaba poco para que llegarán, Marie se acercó a ella, "Tu me salvaste, ¿Porque lo hiciste?" Preguntó la mujer de cabellos rizados a la pelirroja, a lo que Lilith se detiene y le empieza a contar, "Fue hace 16 años "

16 A.C.

Llevaba milenios dirigiendo la 4ta legión de demonios del Averno, llamada los lilim en honor a mis hijos, yo y mi compañera llamada Samara debíamos encargarnos de misiones en la tierra, yo soy humana de nacimiento y convertida en demonio, así que era perfecta para estás misiones, y Samara era una gran guerrera, y una gran amiga.

Una nueva misión había sido enviada por los altos mandos del Averno, un ángel caído había ido a Nazareth, al parecer a proteger a una mujer que estaba a punto de dar a luz, no sabía los motivos, solo sabía que había que ir a protegerlo, Luci era muy protector con sus hermanos, entonces viajamos a la tierra, al llegar vimos a lo lejos un grupo de demonios, y luchando contra ellos estaba el ángel caído, era Joaquel, rápidamente nos lanzamos a ayudarle.

Los demonios eran de la raza Af, una raza de demonios que rapta mujeres embarazadas de seres con potencial Alfa, que son seres que podrían cambiar el destino de el universo, al parecer la mujer que Joaquel protegía tenía este potencial, de tener un bebé con el potencial Alfa, por eso la protegía Joaquel, eso no importaba ahora lo único que importaba era defenderlos.

Con mis hachas empecé a atacar a los demonios, pero era inútil seguían saliendo y saliendo me tenían acorralada, Samara mi compañera les lanzaba dagas que salían de sus muñecas, ese era su poder, logro acabar con algunos pero luego fue reducida, intenté ayudarla pero Fue inútil, acabaron con ella clavándole una espada en su cabeza, Joaquel fue atacado por la espalda y también lo asesinaron con una espada, los demonios fueron contra la mujer pero en ese momento mi furia se desató, me alcé al cielo y libere todo mi poder, quemando con una ráfaga de fuego a todos los demonios, hasta que todos quedaron incinerados, luego de esto quedé debilitada y caí al suelo inconsciente.

No sé cuánto tiempo pasó, entre que me desmayé y que desperté, pero el ruido de un bebé llorando me levantó, al levantarme observé aquella imágen, ví a la mujer que Joaquel estaba protegiendo cargando a su bebe, pero la mujer estaba muerta, tenía una espada clavada en su pecho, lo último que hizo fue cargar a su bebé,que lloraba sin parar, entonces me acerqué y la cargué, la mire a sus ojos cafés preciosos, su rostro lleno de lágrimas y de sangre de su madre, me destrozaron el corazón, abrí mis alas y me fuí volando al pueblo, la bebé lloraba y yo también, en mi cabeza solo pasaba la imagen de Samara muriendo, de Joaquel siendo atravesado por esa espada, de aquella madre que había muerto teniendo a su hija, al llegar al pueblo ví que una mujer joven, gritaba el nombre de la que parecía ser su madre, "¡ANA!, ¡MADRE!", Entonces me acerqué a ella con la bebé en brazos, "¿Que ocurre mujer?" Le cuestioné con curiosidad, "es mi madre, ella está embarazada, está muy cerca de tener el parto, pero ha desaparecido" responde con lágrimas en los ojos la mujer, entonces le mostré el rostro de la bebé, y la joven mujer empezó a llorar, "El cadáver de tu madre está a las afueras del pueblo, y está es tu hermana" le dije a aquella mujer, entonces la tomó en brazos y cargo a aquella bebé, "Mi madre siempre dijo que si tenía otra hija, le pondría Marie, así que así se llamará, Marie de Nazareth" dijo la joven mujer para luego besar la frente de su pequeña hermana.

1 A.C.

Marie quedó en shock al escuchar la historia, era ella, ella era aquella bebé que Lilith rescato hace 16 años, entonces se sentó en el suelo, y empezó a llorar, "No permitiré que te hagan daño, tu madre fue muy valiente, tres grandes seres murieron ese día, y no será en vano", dijo Lilith abrazando a Marie quien lloraba desconsolada.

Pero entonces sonidos de gritos se empezaron a escuchar algo se acercaba, entonces Lilith se levantó y se preparó para pelear sacando sus hachas, Miriam también saco su espada y se preparó para la pelea también, las Valqueris empezaron a llegar y a atacar a ambas, José trataba de ayudar pero era inútil las Valqueris eran más fuertes que el, la pelea era reñida, tres Valqueris contra Lilith, y tres contra Miriam, ambas daban pelea contra los seis seres demoníacos, pero entonces unas misteriosas dagas fueron clavadas en los cráneos de las seis Valqueris acabando con estás.

Lilith al ver quién había lanzado las dagas, quedó en shock, la mujer que había lanzado las dagas era su antigua compañera, era Samara, entonces Samara corrió a abrazarla, y le susurró al oído, "El me trajo de vuelta", aquellas palabras soltaron las lágrimas de Liiith quien empezó a recordar.

3800 A.C.

Habían pasado ya 205 años desde que abandoné el Edén, sabía que Dios le había dado una mujer a Adán, pero que está era sumisa y tonta, la verdad ya no me importaba, ahora tenía una vida junto a Samael, juntos habíamos hecho nuestra propia legión de hijos, los Lilim, eran 100 seres poderosos y fuertes, eran mis hijos, todo parecía ir bien, durante esos 205 años varios angeles habían venido a nuestro hogar a tratar de convencernos de volver al camino de dios, pero siempre nos negamos, nuestra vida era feliz, no teníamos la necesidad de sufrir de nuevo, pensábamos que pasaríamos la eternidad así, hasta ese día.

Caminaba por la orilla del mar cargando al último de mis 100 hijos, su nombre era Clementine, era precioso tenía el cabello pelirrojo como el mío, era moreno y de ojos azules, el sonido del mar lo relajaba, entonces vimos del cielo a varios angeles descender del cielo a gran velocidad, iban hacía nuestro hogar, entonces ví como sacaron sus arcos y empezaron a lanzar flechas a nuestra casa, entonces, escondí rápidamente a mi Clementine entre unas rocas, y saque mis hachas, corrí hacia nuestro hogar, al llegar ví la masacre, todos y cada uno de nuestros hijos habían muerto, con flechas clavadas en todo su cuerpo, entonces ví a Metatron tomando del cuello a un malherido Samael.

"¿Que haz hecho hijo de perra?", Le pregunté para luego lanzarle mis dos hachas en un intento fallido por herirlo, entonces corrí hacía el y empecé a golpearlo, pero era inútil, el ser de casi tres metros de altura ni sé inmutó, "Lilith, vete por favor, corre" decía Samael con sus últimas fuerzas entonces Metatron lo dejó caer al suelo, el ser cubierto por esa armadura, se volteó y me miró a los ojos, "Este es tu castigo, abandonaste el Edén y gracias a eso provocaste que el jardín fuese corrompido, ahora pasarás toda la eternidad lamentando la muerte de tus 100 hijos y que nunca podrás volver a ver a Samael, quien será el Ángel de la muerte, solo los muertos pueden ver al ángel y tú querida Lilith "Hace una pausa para agacharse y acercarse a la pelirroja" Tu nunca morirás".

Luego de decir eso, Samael desapareció, y entonces mi dolor crecio y mi odio hacía ese hijo de puta nació, entonces tome mis hachas y empecé a golpear su armadura con ellas en un acto inútil, puesto que la armadura era impenetrable, pero eso no me importaba, lo golpeaba una y otra vez, hasta que me rendí caí al suelo, lloraba desconsolada al lado de los cadáveres de mis hijos, mirando con odio al ser que acabó con ellos.

Entonces uno de los ángeles se acercó a Metatron, y le susurró algo al oído, entonces Metatron me tomó del cuello y me levantó, "¿Dónde está el último?, Aquí no hay cien muertos", Aseguró furioso aquel ser despiadado, entonces, un llanto de bebé se escuchó a lo lejos, al oírlo mi corazón empezó a latir rápido, era mi último hijo, y el sabía que estaba con vida, entonces me lanzó al suelo y se dirigió a acabar con el bebé.

Intenté detenerlo, me puse frente a el pero solo me empujaba y seguía su camino, trate de herirlo con mis hachas pero fue inútil, el encontró al bebé quien lloraba aterrorizado, mi vida estaba ahí, era lo último que me quedaba, la última esperanza, pero Metatron acabó con ella, tomándolo de su pequeña cabeza y aplastando está sin piedad, dejando caer el decapitado cuerpecito del bebé al suelo, entonces mi grito salió, un grito de dolor que quedó impregnado en mis más horribles pesadillas, Metatron solo me miró y se fue volando, yo no sabía que hacer estaba sola desamparada, intenté acabar con mi vida pero no pude, ahora era inmortal.

Me quedé ahí tirada por años, solo lloraba, y lloraba, sin parar, hasta que un ser apareció, era precioso, su piel parecía brillar y sus ojos eran fuego profundo, su cabello era rubio y su cuerpo era perfecto, el ser se presentó, "Soy Lucifer, el señor del Averno", entonces extendió su mano para ayudar a levantarme, ahí empezaría mi siguiente vida.

Capitulo 3

Reencuentros

Lilith se encontraba llorando desconsolada, entonces Marie se acerca a ella para consolarla, la joven mujer estaba agradecida con la pelirroja, "Deberías de estar feliz, es tu amiga, ¿No?, Deberías de agradecerle a Dios por traerla de vuelta" Dijo Marie colocando una mano en la espalda de Lilith para consolarla, "¿Agradecerle?, ¡¿Quieres que le agradezca al ser que destruyó mi vida?!, ¡Tu dios me creó solo para destruirme y ni siquiera me da la oportunidad de acabar con esto!", Lilith empezó a gritarle a Marie con mucha rabia, todos los demás miraban, "¿Crees que es bueno?, Ni siquiera está aquí para proteger a su hijo, nunca ha hecho nada más que divertirse con nuestro dolor, eso es tu Dios, ¿A él quieres que le agradezca?", Entonces Lilith le dió la espalda a Marie y se sentó en una piedra grande que había en el lugar, "Se esparció una historia, un cuento de terror de tu dios, llenó de hombres ganadores, desde el principio el los prefirió. Tal vez sí tuve culpa de algunas cosas, pero nadie está libre de culpa, a menos que la historia la cuente el culpable" dijo para luego alejarse.

Lilith se alejó del grupo unos metros, mientras Marie sólo sé quedó ahí parada, con lágrimas cayendo por su mejilla luego de escuchar lo que Lilith le dijo, entonces Samara, la vieja amiga de Lilith se acercó a esta última, "Creo que entendió el mensaje" dijo la mujer de piel oscura a su amiga sacándole una sonrisa, "¿Cómo volviste?" Cuestiona Lilith,

Samara sé queda mirando a Lilith fijamente sin responderle por unos segundos, hasta que puso su mirada hacía el suelo y respondió, "El dijo que no era mi momento" en ese momento Marie se acerca a ambas, "Lilith podemos hablar un segundo" pidió la futura madre del hijo de Dios, luego de decir esto Samara se levantó, la miró por unos segundos y se fue con los demás.

Marie se sentó al lado de Lilith, la pelirroja empezó a sacar filo de sus hachas, "Lo siento sí dije algo que no debía, todo esto No estoy preparada para todo esto, nadie me preparó, seré la madre de el hijo de Dios, y unos bichos aterradores quieren matarme y soy protegida por demonios y una bruja" Dijo la mujer sacando una sonrisa a la pelirroja, "No sé que fue lo que te pasó, no sé que te hizo el, solo sé que eres buena, emocional, sé que tienes empatía, sé que eres más que toda esa rudeza y ese odio, lo veo en tus ojos" Asegura la nazarena, entonces Lilith se detiene y guarda sus hachas, voltea a mirar a Marie, "Perdí a mis hijos, en una venganza de el, perdí a mi esposo, me quedé sola, sabes que es lo más injusto, yo recibí un castigo al quedarme sola, pero Samael puede ver a nuestros hijos y estará toda la eternidad con ellos, ¿Porque yo no puedo?" Cuestionó la pelirroja con los ojos llorosos.

Samara mientras tanto se presentaba con los demás, "¿Eres una bruja?" Le cuestiona José, a lo que Samara responde riendo, "No, soy una demonio, y puedo oler que tú eres un padre, ¿Ella lo sabe?" Pregunta Samara refiriéndose a Marie, a lo que José responde quedándose en silencio, mientras el jóven que acompañó a Samara está pálido, luego de ver los poderes de la mujer que salvó, "¿Sacas dagas de tus muñecas?" Pregunta tartamudeando el jóven Giovanni, "No, salen de mis venas" responde la demonio, entonces la bruja que ayudó a Marie se acerca a ella, la mira de cerca y le dice, "Eres una demonio, pensé que serían más intimidantes" asegura la mujer, "Saca tus espadas y verás quien es intimidantes" responde Samara.

Lilith y Marie se acercan a ellos, "Hay que prepararnos, Raguel vendrá pronto" Asevera la pelirroja, "Las Valqueris no son tan poderosas, pero son muy ágiles y su olfato se Iguala al mío, podemos usar eso para derrotarlas" propone Samara, "¿Deberíamos confiar en ustedes?, Lo digo ya que son demonios, creo que deben estar en contra de su hijo" dice José a lo que Marie le hace una seña de que se detenga, "¿Tienes algún problema?" Le cuestiona Lilith con una voz intimidante, "De hecho si, ella es mi mujer" dice José refiriéndose a Marie, "¿Como se que sus intenciones son buenas?", Cuestiona con el ceño fruncido el hombre.

Lilith se acerca a el de manera intimidante y acerca su cabeza al oído del hombre, "Será mejor que acomodes tu tono, pusilánime, o lo siguiente que sentirás serán mis hachas en tu cuello", susurra Lilith a su oído, luego de esto Lilith retrocede y sonríe burlescamente, entonces José intenta darle un puñetazo, Lilith detiene el golpe y lo toma del cuello, "¡BASTA!", Grita Marie enojada, "Hay un jodido ángel intentando acabar con mi vida y un montón de bichos aterradores ayudándola y lo único que hacen ustedes es pelear, ¡por un carajo!", Todos los del grupo se quedaron en silencio, "Suéltalo, Lilith" dijo Marie, luego de esto Lilith soltó a José, "Samara, dinos cuál es tu plan", pide Marie con tono de liderazgo.

Samara señala un buitre negro que se encuentra en un árbol mirando a Lilith fijamente, "creo que ya no es necesario el plan" asegura la demonio, el buitre se va, es la señal de los demonios, entonces Lilith se aleja del grupo siguiendo al buitre hasta que esté llega a un misterioso hombre, blanco, cabello negro, ojos azules, cuerpo perfecto, y unos labios carnosos, el hombre está desnudo, Lilith lo reconoce de inmediato.

"¿Que haces aquí?" Cuestiona la demonio al ser, quien se acerca a Lilith y acaricia su rostro, "Pequeña y traviesa Lilith, ¿pensaste que podrías quemar las alas de mi hermana, proteger a la madre del futuro bastardo y quedar indemne?, Eres tan ingenua" responde el ser de belleza sin igual, Lilith retrocede, "Entiendo que estés enojado, Luci, pero ella no debe morir, es innecesario, cuando el niño nazca yo misma me encargaré" asegura Lilith a Lucifer, este último se acerca al oído de la pelirroja y le susurra, "En serio estás cuestionando mis órdenes, recuerda que me debes mucho, Lil" asegura con una sonrisa en su rostro, gritos empiezan a escucharse, Lilith intenta ir a ver qué ocurre pero es detenida por Lucifer quien la toma del cuello.

Lilith intenta liberarse pero es inútil, el demonio es más fuerte que ella, "Estás cometiendo un grave error Lucifer, estás a punto de perder a la mejor de tu ejército" amenaza con gran furia la demonio, su rostro empieza a cambiar a tornarse aterrador, su cara de vuelve color morado, y unos cuernos parecidos a los de una cabra salen del cráneo de la pelirroja, esa era su forma de demonio, entonces de sus palmas el fuego se libera, quemando las manos de Lucifer que sostenían el cuello de la demonio, "Hice lo que tenía que hacer, Lil" Lucifer se enciende en fuego y desaparece del lugar.

Lilith corre hacía dónde estaban los demás en el camino su rostro se vuelve a su forma humana, al llegar a dónde los había dejado, encontró solo a Giovanni, el hombre que encontró a Samara, tirado, gritando por ayuda, Lilith se acercó a preguntarle, "¿Que pasó?", Giovanni temblaba, y repetía, "se los llevaron", entonces gritos de un hombre se escuchaban cerca de ellos.

Al acercarse a los gritos observaron a José, tirado al lado de un árbol, tenía una daga clavada en su estómago, lloraba del gran dolor, "Tranquilo, vas a estar bien", José no paraba de temblar y llorar del dolor, "Mírame, ¡José!" Gritaba Lilith desesperada por saber que pasó, "Raguel, las tiene, se las ha llevado a las tres, se ha llevado a Marie", Lilith cerró los ojos había caído en la trampa, "hijo de puta Lucifer" se susurró a si misma la mujer demonio.

3795 A.C.

Lucifer se presentó, me ofreció un lugar en el Averno, y venganza, era lo único que quería venganza, sabía que sería difícil, Metatron era el hijo más poderoso de Dios, pero al menos quería intentarlo, también quería venganza con el ser que empezó todo este martirio, Adán, sabía que tenía una nueva esposa, quería que sufriera.

"Sí me uno a ti, quiero que me prometas algo, promete que me ayudarás en mi venganza", pedí al ángel de perfecto aspecto, quien se empezó a reír, "Querida, soy el rey de las venganzas y rencores, el ser que te haya hecho daño pagará por ello, lo juro" prometió el sonriente demonio, yo aún tenía desconfianza, así que lo expresé, "No confío en los machos, el único ser macho en el que confíe fue Samael, y me lo arrebataron junto a todos mis hijos", confesé a aquel ser quien se acercó a mí y me miró a los ojos, "bien, no te lo prometeré, lo voy a cumplir", Lucifer se prendió en fuego y desapareció.

Pasaron semanas y no volvía, pensé que había mentido o cambiado de opinión, entonces, un día estaba acostada al lado de los huesos de mis hijos, al ver el mar ví como un gran agujero se abría, de el empezaron a salir seres humanoides con alas negras, y los guiaba el gran angel, Lucifer con sus alas blancas, voló hacía el cielo junto a su gran ejército, la tierra empezó a temblar, algo estaba pasando, el cielo se tornó oscuro, empezó a llover sangre, gritos y espadas sonaban en el cielo, pero rápidamente eso de esfumó y del cielo bajó Lucifer y su ejército con un encadenado Metatron, parecía debilitado pero aún portaba la armadura característica de el, "Creo que está era la mitad de la promesa, ¿No?" Dijo Lucifer haciendo que Metatron se arrodille, "¿Hiciste una guerra por esto?" Pregunté al demonio, sin quitar la mirada a los ojos de tristeza del ser de armadura, "No, solo le mostré lo que Metatron iba a hacer en el futuro si seguía libre" respondió el sonriente rey del averno.

Me acerqué a Metatron, a su rostro, lo miré a los ojos y le dije, "¿Sentiste algo?", Le pregunté con gran enojo en mi interior, "¿Que?", Respondió con una pregunta el favorito de Dios, "cuando acabaste con mi hijo Clementine, cuando le destrozaste el rostro a ese pobre bebé, cuando diste la orden de matar a mis hijos, cuando me destrozaste lenta y dolorosamente por dentro, ¿Que sentiste?", Le cuestioné mientras lágrimas caían de mis mejillas, aquel ser solo se empezó a reír burlescamente, "En serio, te crees tan importante, ¿Sabes que sentí?, Sentí la sangre de tu bebé bañando mi mano, sentí el grito de tus hijos mientras morían, y el odio que tú sentiste al verlos muertos, sentí a Samael alejándose de su gran amor, sentí... Satisfaccion" dijo con gran cinismo aquel ser que odiaba tanto, empecé a golpearlo con rabia, gritaba los nombres de cada uno de mis hijos, entonces Lucifer me detuvo, estaba desesperada por acabar con aquel ser, "El pagará su condena, el trato era venganza y la tendrás" asegura Lucifer.

"Cuentale la parte en la que no me matarás y me dejaras encerrado en el reino al que piensas llevártela por toda la eternidad, hermano" Dice Metatron, Lucifer cerró los ojos, yo lo miraba con enojo al escuchar lo que ese ser había dicho, "¿En serio?", Pregunté a Lucifer, el abrió los ojos y con seriedad me dijo, "es el trato, tómalo o déjalo", entonces ví el rostro cubierto por esa armadura, ví sus ojos, sentí miedo, sentí odio, sabía que el no podía quedar impune, "Está bien", dije en voz baja, entonces un portal se abrió, el ejército de demonios entro por el y se llevaron a Metatron con ellos, Lucifer se quedó conmigo. "Ahora serás parte de mi reino, pequeña humana"

1 A.C.

Lilith y Giovanni intentaban llevar a José al pueblo más cercano, pero era casi imposible, entonces vieron en el bosque a una mujer caminando, llevaba un velo púrpura y un vestido verde, Lilith reconoció esa vestimenta, era la de una reina bruja.

Lilith le gritó que se detuviera, la mujer se detuvo, miró a la demonio, sintió curiosidad al ver sus ojos rojos, "¿Que eres?", Preguntó la bruja a la pelirroja, quien sé acercó más a ella y miró sus ojos, eran verdes como las hojas de los árboles, eso era la señal de que era una bruja muy poderosa.

Giovanni quien cargaba a José empezó a gritar, ya que el esposo de Marie había caído desvanecido, entonces la bruja de vestido verde se acercó al hombre y miró la daga clavada en su estómago, "tienen que traerlo a mi hogar", Entonces la mujer sacó un frasco y se lo dió de beber a José, quien lo tomó con sus últimas fuerzas, "Te relajará" entonces Lilith y Giovanni cargan al hombre y siguen a la bruja que los lleva a su cabaña.

Mientras tanto cerca del río Jordan, están Marie, Samara y la bruja Miriam, las tres están encadenadas, rodeadas de las Valqueris quienes las observan con sus terroríficos ojos, entonces aparece ella, Raguel, pero está vez se ve diferente, su rostro está completamente quemado y deforme, sus alas están quemadas también, su luz angelical y preciosa del principio ha Sido destruida por el fuego de Lilith, el ser se acerca a Samara.

"¿Cómo es posible?" Pregunta la mujer del rostro deforme, Samara solo la observa sorprendida, en silencio, entonces luego de verla de pies a cabeza le responde, "Creo que podría preguntarte lo mismo, un ángel caído derrotada por la primera mujer, es una pena cuánto poder haz perdido" Dice la demonio con un tono burlesco, Raguel enojada la toma del cuello y la levanta, mirando con gran furia a Samara le dice, "te atreves a burlarte de mí, una de los 7 caídos, tu que moriste por los af, ahora revives solo porque Samael así lo quiso, tu final hubiese sido triste y poco climático" Raguel la deja caer al suelo.

Se acerca a Marie, "Tú eres el problema de todos nosotros, por tu culpa he perdido mi belleza, la madre del bastardo que sonará la primera trompeta, eso es lo que eres Marie, la que traerá al mundo al que iniciará el fin" profesa Raguel, a lo que Marie le pregunta confundida, "¿De qué hablas?" Cuestiona la joven embarazada, Raguel empieza a reírse burlescamente, "Nadie te ha dicho la profecía, pues bien, te la diré yo, hace muchos años...

Mi padre nos contó sus planes con los nuevos seres que junto a mi madre había creado, empezó a hablar de lo que ocurriría, era precioso pero a algunos no nos gustó la idea, eramos siete los que nos revelamos y abandonamos el gran castillo, aún así todo seguía su curso relativamente normal, hasta que todo se salió de control, cuando Lilith salió del Edén los planes se arruinaron, sé tuvo que crear un nuevo ser, nacido de la costilla de Adán, era Eva, el ser que traería la desgracia al plan de mi padre, entonces Lucifer la sedujo y le hizo probar el deseo carnal, el fruto prohibido, a su vez ella se lo haría probar a Adán y así cometerían el pecado original, esto enojó a Dios quien maldijo a los seres humanos.

Mi padre se levantó entre el cielo y el infierno, y gritó la profecía, mostrándonos a su hijo bastardo, el dijo "Este será mi hijo y será el heredero de mi reino, el tocará la primera trompeta y empezará con el sonido de las trompetas, hasta que la séptima trompeta sea sonada, entonces mi más poderoso hijo, Metatron será liberado y traerá con él, el fin de la raza humana, he dicho mi palabra y está se cumplirá" esas fueron sus palabras, madre se fue del gran castillo al darse cuenta que el heredero no sería ninguno de sus hijos, se unió a nosotros en el averno, desde entonces hemos intentado evitar que Metatron se alcé y que Jesús cumpla con su destino y heredé lo que por derecho es nuestro.

... así es como llegamos hasta aquí, evitaremos el fin del mundo, Marie, tu hijo es el inicio del fin" Asegura el ser angelical ante la mirada aterrorizada de Marie, quien suelta una lágrima que recorre su mejilla, "El dijo que el ser que llevo en mi vientre será quien librará de los pecados a los hijos de Eva" asegura Marie llorando de terror, a lo que Raguel se arrodilla y muy cerca de su cara le responde, "Limpiará de los pecados, para que así mueran libres" asegura la mujer de aspecto deteriorado.

Marie agacha su cabeza, y dice lo siguiente, "Sí es así, acaba conmigo, no quiero ser la madre del que provocará el fin" asegura Marie llorando, Raguel empieza a reírse ante lo que la mujer acaba de decir y la toma del cabello para que vea su rostro, "Crees que no lo habría hecho si pudiese, solo necesito una cosa, una daga de la muerte" dice Raguel mientras se acerca a la bruja Miriam.

Miriam la mira con una sonrisa burlona, "Es el secreto de las brujas, jamás te lo diré y lo sabes" asegura la bruja, "¿De qué hablas?" Pregunta Marie a Miriam, está no responde solo sé queda mirando a Raguel, "Las brujas se convirtieron en las protectoras de el arca de la alianza y sus 4 dagas de la muerte, el arca es un arma poderosa que tiene otras cuatro armas poderosas a su alrededor con el poder de eliminar de la existencia a cualquier ser" cuenta Raguel, quien toma a Miriam del cuello y aprieta lentamente el cuello de la bruja, "Es mejor que me lo digas ahora o recurriré a métodos poco agradables" amenaza Raguel, Miriam solo la mira, no responde y no será fácil que lo haga, "Bien, así lo haz pedido", Dijo Raguel para dejarla caer al suelo y retirarse del lugar dejando a las tres mujeres rodeadas de Valqueris.

Mientras tanto en Nazareth, Lilith y Giovanni llevaron a José a la cabaña de la bruja quien empezó con su magia a sanar al hombre, quien estaba inconsciente por lo que anteriormente le había dado la bruja, la bruja terminó con su curación y entonces se acercó a Lilith y a Giovanni, "Estará bien, pero debo hablar con ella, nos podrías dejar solas, joven hombre" pidió la bruja, Giovanni se retiró, la bruja se sentó al lado de la pelirroja, "¿Que quieres?" Preguntó Lilith, mirando a la bruja quien observaba a Lilith de pies a cabeza, "¿Eres una demonio?" Pregunta la bruja sin muchos rodeos, entonces Lilith empieza a reír mientras la bruja se mantiene seria, "Soy la demonio, Soy Lilith, la primera mujer y la reina de todas las brujas", respondió la demonio a la pregunta de la bruja, quien inmediatamente se levantó de su asiento y se inclinó ante Lilith mostrando respeto.

"Levántate", Dice Lilith a la bruja quien inmediatamente se levanta y mira a los ojos a la demonio, "¿Cuál es tu nombre?" Pregunta Lilith a la reina bruja, quien responde inmediatamente, "Marianil, reina de las Brujas del norte, estoy aquí porque busco a mi hija, su padre la robó, hace muchos años y sé que está aquí" responde y explica la mujer.

Mientras tanto, Giovanni está dentro junto a José quien apenas se despierta del sueño profundo en el que la bruja lo metió, "Me siento mejor, creo que ya podemos ir a buscarlas" aseguró el hombre para luego intentar levantarse pero es detenido por Giovanni quien lo sostiene con la mano, "sé lo que se siente, no poder hacer nada, mi madre murió de esa manera", entonces José llorando le responde sosteniendo su mano, "ella me necesita, por favor déjame ir" súplica José llorando desconsolado se sentía culpable de no haber podido ayudar.

"De hecho no te puedes ir, aún sigues mal" dice la bruja Marianil entrando a la habitación junto a

Lilith, "Sabes que le harán daño, en este momento puede estar muerta" dice José forcejeando con Giovanni para que lo deje ir, "Necesita las dagas de la muerte, por eso no la mató, necesita que el ser que lleva en el vientre deje de existir" asegura Lilith, haciendo que José se tranquilice un poco, "¿Cómo sabes que no las tiene aún?" Pregunta el carpintero, a lo que Lilith responde, "Las brujas son las protectoras de las dagas, y cuidan ese secreto hasta el final, además, nosotras llegaremos primero" asegura Lilith preparando sus hachas.

José se relaja y deja de forcejear, "Yo me quedaré con José" dice el joven Giovanni, entonces Lilith y Marianil se van de la cabaña de la bruja hacia el lugar donde están las dagas.

3795 A.C.

Entré por aquel portal, a aquel lugar que llamaban el averno, era un lugar oscuro, frío, era rocoso y sin vegetación, su cielo eran rafagas de fuego azul, y abajo había lava, el lugar era ambientado por los gritos de sufrimiento, me preguntaba de que seres sí aún no había muerto ningún humano.

Lucifer me guiaba hacía un castillo gigante, cubierto de roca, tenía dos guardias idénticos, que no se movían, entramos y entonces ví un trono, a lo más alto del castillo que estaba lleno de alas y ojos, entonces una mujer se mostró, era muy parecida a mí, "De rodillas, ante tu reina", yo estaba nerviosa así que obedecí, me incliné ante el ser femenino, entonces hizo una señal de que me levantará, "Hijo, ¿Quien es ella?" Cuestionó el ser, Lucifer abrió sus alas y se levantó hacía el trono dónde estaba aquella mujer, "Ella es Lilith, tu la creaste si no recuerdo mal" dijo Lucifer a la que parecía ser su madre.

El ser decendio hacía mi, se acercó a mi rostro y me miró con una mirada de tristeza, como si me reconociera, "Es increíble, cuando sufres, olvidas tu pasado, olvidas lo que creaste, es triste también" aseguró con lágrimas en sus ojos para luego abrazarme, me quedé inmóvil y confundida, aún no entendía quien era, "Mi nombre es Asherah, antigua diosa de la vida, esposa de Dios y madre de todos los angeles, es un placer conocerte" dijo aquella mujer mientras se separaba de mí.

Entonces comprendí quien era, aún así no me importaba, había cumplido mi objetivo y la verdad poco o nada era lo que me importaba en ese momento, solo estaba ahí porque se lo prometí a Lucifer, pero entonces un nuevo objetivo nació, cuando la historia se me fue contada.

"Tu odio hacía Metatron, lo entiendo, sé lo que se siente perder a tus hijos, y por eso te contaré lo que ocurrirá" empezó a contar la Diosa mientras un demonio se acercaba a mi, era Belquiet la demonio de las visiones oscuras, con sólo mirarte te muestra aquello que temes.

Entonces Belquiet se puso frente a mí y me miró a los ojos, todo se empezó a poner oscuro, y de golpe, aparecí en la tierra, habían siete imágenes, una mujer dando a luz, una familia muriendo, un hombre en una cruz, una mujer con una flecha en su corazón, mujeres siendo torturadas, un ángel desangrándose y al final un ángel ascendiendo al cielo con el mundo destruído a su alrededor, reconocía a ese último ángel, era Metatron, ese era su destino destruir todo y reinar.

Empecé a sentir miedo, dolor y enojo, entonces la visión terminó, "Se supone que estaría encerrado por toda la eternidad" Reclamé con gran enojo, Lucifer solo agachó la cabeza, mientras Asherah se acercó a mi, con gran pena en su mirada, "Así es esto, querida, es oscuro pero al final es solo un juego, sí jugamos bien, podremos ganar este juego", aseguró la diosa de la vida, mientras yo aguantaba mis lágrimas ante esto, "¿Cómo ganaremos?" Pregunté con mi voz temblorosa, un silencio llenó el lugar.

"Con la muerte del heredero bastardo" respondió Lucifer, se notaba su odio hacía el mencionado, desde ese momento comencé a prepararme para la misión, de detener el primer sonido de las trompetas, el sonido del nacimiento.

Capitulo 4

Las Dagas de la muerte

1 A.C.

Lilith y la bruja caminan hacía el templo donde se guardan las dagas de la muerte y el arca de la alianza, se detuvieron para descansar un momento, "Cuéntame sobre tu hija" pide Lilith mientras se sienta en un tronco que había en el lugar, "En cuánto nació su padre me la quitó, se la llevó a su hogar y nunca la pude volver a ver", cuenta la bruja mientras saca uno de sus frascos y lo bebe, "¿Que es eso?" Pregunta Lilith mientras Marianil bebe todo el frasco, "No es nada, es solo alcohol" entonces la bruja le ofreció a Lilith un frasco del alcohol y esta última lo bebió.

Mientras tanto, en la cabaña de la bruja José veía como Giovanni se estaba quedando dormido, el jóven estaba cansado, "¿Cuál es tu historia, joven?" Preguntó José haciendo que Giovanni se despertara, el jóven miró nervioso ante la pregunta de José, "Era un joven de Seforis, tenía sueños y aspiraciones, quería bailar, pero mi padre quería que fuese carpintero decía que bailar era de débiles y de hembras, mi madre intentó sacarme un día de ese lugar, ella me amaba, pero el la acusó de adulterio y ellos la apedrearon en el centro de la ciudad, yo solo tenía 8 años, luego de eso me enamoré pero... Bueno eso no importa" terminó de contar el jóven con lágrimas en los ojos, José lo miro con pena y le dió un abrazo.

"Seguro algún día encontrarás a esa mujer que amabas", aseguró José mientras lo abrazaba, entonces inmediatamente Giovanni se separó de José y se confesó, "El problema es que no era una mujer" entonces el hombre herido quedó atónito ante la revelación del joven, entonces alguien toca la puerta, ambos se asustan por quien puede ser, Giovanni toma una espada y le da un cuchillo a José, entonces por la ventana revisa quién es, mira a un hombre de estatura mediana con cabello negro rizado y piel blanca, ojos negros completamente negros.

Giovanni fue a abrir y el hombre apenas el jóven abrió empezó a preguntar, "¿Dónde está mi hermana Samara?" Giovanni se quedó sorprendido ante la pregunta.

Mientras tanto, en el río Jordan, las tres esperaban al ángel que aún no regresaba desde la última vez, entonces de un momento a otro, Marie empieza a llorar, "Perdón, lamento mucho que todos estén sufriendo por mí, lo único que quiero ahora es morir", dijo con gran tristeza la joven embarazada, entonces Raguel llegó al lugar con un caballo y con otro ser, Samara la reconoció inmediatamente, era Belquiet.

"Tranquila querida Marie, pronto se cumplirá tu deseo", Dijo Raguel acercando su desfigurado rostro a Marie quien la miraba con temor, mientras Belquiet se acercaba a Miriam, "Belquiet, ¿Que estás haciendo?" Cuestionó Samara a la demonio, quien solo la observó y sonrió levemente, entonces posó su mirada a los ojos de Miriam, al principio parecía que la controlaba, Miriam empezaba a mostrar dolor pero en un momento, Belquiet cerró los ojos y empezó a gritar.

"Te equivocaste de bruja, maldita demonio" entonces Belquiet abrió los ojos y estos eran completamente verdes, estaba bajo el control de Miriam, y esta última hizo que Belquiet mirará a Raguel quien rápidamente cayó en el poder de Belquiet, Raguel sentía el ardor del fuego que la quemó severamente, entonces Belquiet dijo, "Libres, libres" entonces las Valqueris siguieron las órdenes y liberaron a las tres mujeres.

"Hay que irnos, el poder solo la mantendrá unos momentos" Dijo Miriam mientras Samara ayudaba a Marie a levantarse, entonces tomaron el caballo en el que Raguel había llegado, entonces Miriam y Marie subieron, "váyanse, yo las alcanzaré" Dijo la demonio para que luego Miriam se dispusiera a irse.

Entonces tanto Belquiet cómo Raguel se liberan del hechizo, y se lanzan contra Samara, está última les lanza sus dagas que salen de sus muñecas, logrando herir a Belquiet clavándole una daga en el estómago, Pero Raguel logra esquivar las dagas y ya lo suficientemente cerca de Samara la toma del cuello y la estampa contra el suelo, "¡Solo intento salvar este maldito mundo!" Aseguró furiosa Raguel apretando con fuerza el cuello de Samara, pero está última saca una daga de su muñeca derecha y la clava en el cuello de el ángel quien la suelta y cae al suelo.

"Entiendo lo que haces, pero está definitivamente no es la manera, Raguel" Samara está a punto de darle el toque final al ángel pero todas las Valqueris se lanzan a defender a su madre, Samara sabe que no puede contra todas ellas así que huye del lugar, las Valqueris toman a Raguel y se la llevan de ahí.

En la cabaña de la bruja se encontraban, Giovanni, José y el ser que decía ser el hermano de

Samara, "¿Cuando me dirán dónde está mi hermana?" Cuestionó el ser, tenía un gesto de enojo pero también de preocupación, "Ella estará bien, eso tenlo por seguro, Lilith las salvará", asegura Giovanni, entonces El ser se empieza a reír a carcajadas, "¿Lilith?, Ella fue la que provocó su muerte, y ahora crees que la salvará, pobre niño ingenuo", dice con tono burlesco el demonio, entonces José con sus fuerzas se levantó y se acercó al ser, "Ni siquiera sabemos tu nombre" dice José al demonio, "Fausto, mi nombre es Fausto" dijo el demonio.

"Bien, Fausto, Lilith salvó a mi esposa, a mi, ha protegido a mi familia incluso más de lo que yo mismo lo he hecho, no me cabe la mínima duda de que ella traerá a mi esposa y a tu hermana de vuelta" dijo con total seguridad el hombre herido, Fausto se le quedó mirando a los ojos unos momentos para luego decir, "confíen en ella si quieren, yo no lo haré", entonces Fausto se dispuso a irse de la cabaña, pero entonces empiezan a tocar la puerta con gran brusquedad, al abrirla vieron a Marie, Miriam y Samara, habían llegado al lugar.

Lilith y la bruja aún caminaban hacía el templo, cuando entonces la bruja se detuvo, y le señaló a Lilith el lugar, Lilith no veía nada, entonces la bruja cerró sus ojos y se arrodilló, entonces una puerta empezó a aparecer, era una puerta de hierro, pero parecía que no la sostenía nada, era solo la puerta, entonces la bruja se levantó y le hizo seña a Lilith de continuar, entonces aabrió la puerta y al cruzarla estaban en un templo, era de oro y en el centro estaba el arca de la alianza, rodeada por 4 dagas clavadas al suelo, en las paredes estaban gravadas palabras en un idioma que Lilith no conocía.

"Aquí están las dagas y el arca de la alianza el arma más poderosa de todas, será utilizada el día del juicio injusto a las brujas para acabar con el tirano, así está escrito" predica la bruja, mientras camina alrededor de el arca de la alianza, Lilith empieza a tomar las dagas, "Quien esa daga sea clavada y sacada se convertirá solo en sangre y recuerdos, no quedará ni una sola parte de su alma por el resto de la eternidad", cuenta la bruja, Lilith guarda las dagas en sus bolsillos, entonces alguien entra, Lilith y Marianil se preparan para pelear pero entonces observan a un hombre, un hombre que Lilith conoce, "¿Abel?".

3795 A.C.

Mi venganza contra Metatron se había hecho, al menos por ahora pero faltaba otra parte, vengarte del inicio del problema, Adán, sabía que estaba casado con una nueva mujer, Lucifer me dijo que se llamaba

Eva, luego de lo que ocurrió conmigo parece ser que "el" prohibió que Adán y Eva tuviesen sexo, les borró ese conocimiento, pero yo se los puedo enseñar.

"Ella confiará en mí, estoy segura", dije segura de mis palabras, pero entonces Asherah se acercó a mí y me preguntó, "¿Porque estás tan segura?" Cuestionó la diosa, "ella está junto al ser que me destruyó, pero la verdad es que solo ella y yo sabemos lo que es vivir ese infierno" aseguré.

Luego de contarles el plan a ambos Lucifer me transportó al Edén, al llegar ahí ví a Eva caminando sola entre los árboles, entonces aparecí ella se asustó, "¿Quien eres?" Preguntó nerviosa la mujer, entonces acerqué a ella, la mujer retrocedía pero la acorrale contra un árbol y me acerqué, muy cerca de ella, "Lilith, mi nombre es Lilith, madre de los Lilim y he estado aquí más tiempo que tú, Eva" entonces Eva empezó a gritar el nombre de Adán, empecé a reirme a carcajadas, "En serio piensas que Adán vendrá, a él no le interesas, nunca le haz interesado" dije en tono burlesco.

Entonces apareció Lucifer, Eva inmediatamente corrió hacía el, pensaba que era un ángel o eso creo, entonces le dije, "tu creador te ha privado de probablemente el manjar más agradable de la raza humana, la sensación más deliciosa de todas, el sexo, hoy puedes abrir esa puerta", Eva empezó a interesarse, entonces Lucifer empezó a besar a Eva quien lo permitió, tenía curiosidad, "Entrégate, Eva, es momento de conocer esto" decía yo, mientras Lucifer empezaba a tocar el cuerpo de Eva.

Eva empezó a besar a Lucifer, yo la guié, le dije que tenía que ir arriba, le dije todo lo que tenía que hacer, lo hicieron, ella lo hizo rompió la regla, entonces al terminar ambos cuerpos desnudos estaban juntos, abrazados, y yo estaba ahí sentada observando con gran felicidad la situación, Lucifer había logrado embarazar a Eva.

"Creo que deberías de compartir esto con Adán, ¿No crees?" Dije a Eva quien aún admiraba el perfecto y precioso cuerpo de Lucifer, "¿Puedo hacerlo con cualquiera?" Preguntó la mujer, entonces asentí con la cabeza, la mujer besó el pecho de Lucifer por última vez, y se levantó, "Iré a buscar a Adán, le mostraré esté gran fruto que se nos fue injustamente prohibido" dijo la mujer para luego irse del lugar, "¿Se hizo?" Pregunté a Lucifer quien respondió con gran felicidad, "Si".

1 A.C.

Lilith estaba sorprendida al ver al segundo hijo de Eva con vida, "Es imposible" dijo Lilith al hombre, "Querida Lilith, tu y yo vivimos en un mundo lleno de cosas imposibles" dijo el ser con una sonrisa en su rostro, entonces Abel se acercó un poco a ellas y extendió su brazo, "Dame las dagas, Lilith" dijo el hombre, a lo que Lilith respondió riendo a carcajadas, "ni siquiera lo pienses, tu hermano te mató con una piedra, yo soy una guerrera, te mataría hasta soplandote la nuca" dijo Lilith con tono burlesco.

Abel sacó su espada y se preparó para pelear, entonces se lanzó contra Lilith quien esquivó el ataque y mientras lo esquivaba tomó a Abel del cuello y lo quebró dejando el cuerpo caer sin vida, o eso es lo que ella pensaba, Abel se levantó como sí nada le hubiese pasado, "No puedes matar lo que ya está muerto, Lil", dijo con una perturbadora sonrisa en su rostro.

mientras tanto, Raguel se encontraba recuperándose, las Valqueris la protegían, estaban a su alrededor, mientras Belquiet se encontraba recuperándose también, "Lamento mucho lo que ocurrió, no pensé que fuese tan poderosa" dijo Belquiet sentada al costado de la cama de Raguel, quien se levantó y tomó a Belquiet del cuello, está última trataba de utilizar su poder con Raguel pero era inútil, entonces Raguel estaba a punto de acabar con ella, cuando Belquiet dijo, "Sé dónde están las dagas", inmediatamente Raguel dejó caer a Belquiet al suelo, con una expresión de enojo en su rostro desfigurado, Raguel se acercó a Belquiet, "Dime dónde", dijo el ángel.

En la cabaña de la bruja, Fausto y su hermana Samara sé abrazaban sollozando, "Cuando te sentí vine de inmediato" aseguró el demonio separándose de su hermana, quien lo veía de pies a cabeza, era mucho tiempo el que habían pasado separados, "Es una larga historia, mientras tanto hay que encontrar a Lilith", Dijo Samara, entonces José con sus pocas fuerzas se levantó y señaló a Giovanni.

"¡Es un sodomita, provocará nuestra perdición, debemos de hacer algo!" Gritó José señalando a Giovanni, quien empezó a temblar de los nervios, todos en la habitación miraban a Giovanni, quien empezó a llorar, "Tranquilos, me iré" Giovanni salió corriendo del lugar, Fausto el hermano de Samara lo siguió inmediatamente, Marie miraba con decepción a José, "¿En serio?, Eres tan tonto que no lo entiendes" dijo enojada la madre del futuro mesías, entonces José se acercó intimidante a ella, "No me hables así mujer" dijo José, Marie empezó a reír y sin miedo se plantó ahí, lo miró a los ojos y le dijo, "Soy la madre del hijo de dios, tu eres el que no debería hablarme así, ¿Que acaso no lo haz entendido?, Nuestro... Tu dios es el causante de las peores desgracias, ni siquiera está aquí para proteger a nuestro hijo, quienes lo van hecho son seres demoníacos, una bruja y un jóven, un jóven que te cuidó mientras Lilith no estaba, el tiene más derecho a estar aquí que tú" dijo enojada Marie.

José intento pegarle a Marie pero fue detenido por Samara, "Yo de ti no lo haría" dijo Samara mirándolo con enojo, entonces José se soltó de Samara y se acostó en la cama, "Claro que los demonios estarán a favor de esto" dijo José mirando enojado a Samara.

Mientras tanto Fausto seguía a Giovanni quien corría sin parar, "¡Espera!" Gritaba el demonio a Giovanni, quien no dejaba de correr llorando, entonces el jóven se tropezó con una piedra, cayendo al suelo boca abajo, temblaba y lloraba, entonces Fausto lo abrazo y hizo que se arrecostara en su pecho, "Llora todo lo que necesites" dijo el demonio a lo que Giovanni respondió, "Soy débil, por eso lloro, porque soy débil", entonces el demonio tomó su cara y hizo que lo mirara fijamente a los ojos, "Los débiles son los que ocultan su humanidad, son aquellos que pretenden ser más fuertes de lo que realmente son, ellos son débiles, tú eres más valiente al mostrarte humano, créeme, eso le hace falta a este mundo" Dijo el demonio para luego abrazar a Giovanni.

Lilith continuaba peleando contra Abel, el hijo de Eva se reía mientras chocaba su espada con las hachas de Lilith, entonces la bruja Marianil lanzó un frasco al suelo, provocando que Abel cayera inconsciente, "Hay que llevarnoslo, es peligroso tenerlo suelto" dijo Lilith tomando unas cadenas que estaban tiradas en el templo y encadenandolo, salieron del lugar, Lilith cargaba a Abel.

En la cabaña, continuaba la discusión con José, entonces en un momento Marie se cansó de los reclamos del hombre y le dijo, "Vete, sí te molesta tanto todo esto vete, no te necesito para tener y cuidar a mi hijo, ni siquiera es tuyo" dijo la mujer embarazada, entonces José la miró a los ojos y suplicó, "no me hagas esto, eres lo único que me queda" entonces Marie caminó hacia la puerta y la abrió en señal de que se fuera, el hombre con su orgullo se retiró de la cabaña.

Entonces entró Fausto y Giovanni, se encontraron con José en la puerta, el solo se les quedó mirando con odio y se retiró, Fausto llevaba a Giovanni apoyado de su hombro, el jóven se sentó en la cama y miró a todos en la habitación, "Lo siento, perdón por esto en serio" dijo el jóven entonces Marie se acercó a el con lágrimas en los ojos, "No es tu culpa, en serio no es tu culpa" una de las lágrimas de Marie cayó en una herida que se había hecho Giovanni cuando tropezó, al caer la lágrima la herida se curó inmediatamente.

Todos se quedaron sorprendidos ante lo acontecido, entonces Miriam se acercó a Marie y colocó su mano en el vientre de la embarazada, cerró los ojos y dijo, "8 Meses, ella tiene 8 meses", aseguró la bruja, entonces

Samara con su ceño fruncido dice, "El niño le da poderes a Marie", la puerta de la cabaña se abrió, entrando por ella Lilith y Marianil, está última dice, "No, el no le da poderes a ella, ella tiene poderes, es una Nefilim, es hija de un ángel y una humana, tiene el poder de curar", Asegura la bruja.

Lágrimas caen por la mejilla de Miriam al ver a la bruja, "Mamá", entonces la otra bruja miró a Miriam, "Hija mía, Filia Angeli" dijo la bruja, de un momento a otro sus ojos se tornaron rojos como la sangre, su cara se puso pálida, ella se elevó, levantó sus manos y empezó a decir, "Debiste morir desde que naciste, debiste morir desde que naciste" la bruja repetía esto una y otra vez, entonces la bruja empezó a tirar bolas de energía por doquier, una de ellas impactó al inconsciente Abel desintegrandolo junto a las cadenas que lo aprisionaban.

Lilith sacó sus alas de demonio y voló hacía la mujer quien ya había destruido gran parte de la cabaña, la demonio le dió un puñetazo haciendo que cayera al suelo, en el suelo la bruja se levantó y empezó a lanzarle dagas a Lilith quien las esquivó y ya cerca de la bruja la tomó del cuello, la bruja la mira a los ojos y le dice, "Acaba conmigo, es la única manera de que no mate a esa bruja maldita", entonces Lilith sacó una de las dagas de la muerte y se la clavó en el cuello, Lilith soltó a la bruja, quién cayó al suelo.

Aún consciente y con la daga clavada en su cuello, los ojos rojos de la mujer volvieron a la normalidad, su rostro también, ella miró a su hija Miriam y le dijo, "Tu... Debiste haberte quedado conmigo... Nada de esto hubiese..." la mujer es interrumpida por Lilith quien sacó la daga de la muerte del cuello de Marianil, entonces la bruja empezó a temblar, su cuerpo se movía rápidamente, parecía estar convulsionando, entonces se detuvo y dijo, "Mors", acto seguido si cuerpo explotó por completo llenando de sangre, tripas y entrañas a Lilith, Marianil dejó de existir, es lo que las dagas hacían.

Miriam se acercó a la gran mancha de desechos que dejó la explosión de su madre, la bruja empezó a llorar, se arrodilló en la sangre de su madre, la bruja lloraba desconsolada, entonces Marie se acercó y la abrazó, dándole apoyo.

Lilith volteó buscando a Abel pero se percató de que habían huellas de pies, Abel había escapado y se había llevado una de las dagas de la muerte.

Lilith empezó a escuchar gritos, todo se volvió oscuro, Lilith ya no podía ver nada, solo sentía, sentía mucho calor, entonces todo se fue aclarando y poco a poco fue viendo dónde estaba, era el averno.

Frente a ella estaban Lucifer y su madre, Asherah la diosa de la vida y la reina madre del averno, se veía furiosa, "Arrodíllate" dijo la diosa, a lo que Lilith reaccionó riendo, entonces la diosa se acercó a la demonio, "dije de rodillas", entonces Lilith se acercó al oído de Asherah y le dijo, "Esos eran otros tiempos, Asherah, ahora no me arrodillo ante nadie, ante nadie" dijo la demonio para luego reírse a carcajadas.

La diosa de la vida tomó a Lilith del cuello y le dijo, "Crees que puedes contra mi, gracias a mí existes niña malcriada, gracias a mí vives y gozas, gracias a mí" dijo furiosa la diosa, "Lo único que he logrado de ese capricho absurdo que hizo tu ex esposo es sufrir, llorar, no me han dado nada bueno, todo lo que he conseguido ha Sido por mi cuenta y hasta eso me lo arrebataron", dice Lilith, "Además ya no eres la reina, ahora la nueva reina es Marie, tu solo eres un viejo recuerdo de algo que ya pasó" luego de decir eso Asherah empezó a golpear a Lilith bruscamente, la demonio solo se reía a carcajadas.

"Detente madre, ya no vale la pena" entonces Lucifer separó a Asherah de Lilith, quien rápidamente se recuperó de los golpes de Asherah, "Sabes que el nacimiento de ese niño es inicio del fin, del nuevo mundo, mundo que reinará Metatron", dijo Lucifer mirando con seriedad a Lilith, "Me conoces, Luci, jamás lo permitiría", aseguró la pelirroja.

Entonces Lilith volvió a ver todo oscuro, empezó a escuchar la voz de Samara, y empezó a ver la luz del día, "Lilith, Raguel está aquí" dijo Samara, en ese momento Lilith se levantó y miró a Raguel, parada frente a ellos, sin moverse, "Lilith, dame a la mujer, no hagas esto más difícil, te lo suplico, hay que detener esto", dijo el ser celestial, se veía agotada, estaba muy herida, entonces Lilith se empezó a reír, "Eres patética, Raguel, crees que lo permitiré solo porque me lo súplicas", Dijo en tono burlesco la pelirroja, entonces Raguel agachó su cabeza, "Sabía que no lo harías, pero quería evitar esto", dijo para luego abrir sus nuevas alas.

Miriam se empezó a quedar sin respiración, si rostro se empezó a tomar pálido, entonces Raguel se elevó, "Sí seguimos así, caerán más que solo ella" entonces Raguel se fue volando, la mirada de Miriam era de sufrimiento, de dolor, entonces cayó al suelo, Lilith trataba de ayudarla pero era inútil, murió en el lugar, encima de la sangre de su madre, todos quedaron en shock ante la situación.

Capitulo 5

Historias cruzadas

Todo el grupo o lo que quedaba de el estaban reunidos en el río Jordan, quemaban El cadáver de Miriam, mientras Samara cantaba una canción triste, era de noche, el clima era calmado, el canto de un búho acompañaba la hermosa voz de la demonio Lilith, Marie lloraba, se sentía culpable, Giovanni estaba abrazado de Fausto mirando el funeral.

"Les prometo que nadie más caerá, ninguno de ustedes" Dijo Marie tomando una de las dagas de la muerte e intentando acabar con su vida, pero no pudo, sé quedó a centímetros de hacerlo, "Detente, Marie" dijo Lilith quitándole la daga a Marie, "estás cerca de dar a luz, iremos a Belén y tendrás ese bebé, ahí todo esto acabará" aseguró Lilith abrazando a la embarazada, "Sabes que no acabará, solo empezará, el inició del sonido de más trompetas", dijo Marie llorando desconsolada.

José no se alejó tanto de la cabaña ya que cayó rendido, estaba muy cansado y su herida no sanaba aún, entonces se acostó en una roca grande, a lo lejos vió a un hombre acercarse, era Abel, pero José no lo sabía, entonces Abel se acercó a el, "¿Estás perdido?" Preguntó el segundo hijo de Eva, a lo que José respondió que sí asistiendo con la cabeza, entonces Abel tomó una piedra del suelo y en un movimiento rápido golpeó la cabeza de José, José intentó defenderse pero fue inútil, el hijo de Adán empezó a golpearlo una y otra vez hasta que le abrió el cráneo acabando con su vida, entonces el hijo de Adán empezó a cortarle con un cuchillo partes del cuerpo de José y comérselo, abrió su cráneo y sacó su cerebro, empezó a comerselo mientras sonreía macabramente, con su rostro lleno de sangre.

Mientras tanto, Unos reyes magos llegaron al palacio del rey Herodes, arrodillados frente al rey empezaron a contarle la historia, la historia del futuro rey de los judíos, Yo soy el rey de los judíos" dijo Herodes furioso golpeando sus piernas con gran enojo, "Señor, nos ofrecemos para acabar con el niño, estamos a su servicio" dijo el mayor de los reyes magos, "Quiero la cabeza de ese bebé en mi mesa, quiero que sea mi trofeo, una advertencia de que Herodes es y será el rey de los judíos" dijo Herodes.

Al dormir todos estaban tristes, Giovanni estaba sentado en la orilla del río sus pies estaban dentro del río, hacía frío, Fausto el hermano de Samara se acercó a Giovanni, "Tranquilo, pronto terminará todo esto" dijo consolando a Giovanni, "eso es a lo que tengo miedo, nunca había tenido esto, nunca había tenido una familia, hasta ahora", entonces Fausto lo miró a los ojos, y vio sus labios, sin pensarlo lo besó apasionadamente, Giovanni devolvió el beso, "Lo siento, solo sentí que era necesario" dijo Fausto separándose de Giovanni, esté último tomo el rostro del hombre y lo volvió a besar, subiéndose encima de el, "nunca lo he hecho" dijo Giovanni nervioso, entonces Fausto puso su mano en uno de los glúteos de Giovanni y empezó a apretar, "Yo te enseñaré" Fausto desvistió a Giovanni y se desvistió el, Fausto prosiguió a penetrar despacio a Giovanni, el jóven al principio sintió un poco de dolor pero rápidamente pasó a ser placer, lo hicieron durante toda la noche.

Lilith dormía con Marie, "¿Crees que el será diferente?" Pregunta la nazarena a Lilith, quien la mira confundida, "¿Quien?" Pregunta Lilith mientras se quita sus armas y su armadura, "Mi hijo, ¿Crees que el será diferente a su padre?" Pregunta Marie con gran tristeza en su mirada, entonces Lilith se sienta a su lado, "Sigue el ejemplo de los caídos, son hijos de Dios, pero se dieron cuenta de que lo que su padre hacía estaba mal, estoy seguro que tú hijo también lo sabrá", entonces Marie empezó a acariciar su vientre con una sonrisa en su rostro, "Yesua, se llamará Yesua" dijo Marie, su rostro brillaba de la alegría.

Al siguiente día el grupo siguió su camino, sí no se detenían serían tres días hacía Belén, las contracciones de Marie eran intensas en el primer día llegaron hasta Samaria, ahí se quedaron en una cabaña, Marie ya empezaba a tener contracciones, Lilith fue a un bar, en la barra de esté se encontró a un hombre encapuchado.

Lilith se acercó al misterioso hombre y lo saludó, el hombre se quitó la capucha y se dejó ver, Lilith lo reconoció al instante, "Caín" dijo refiriéndose al hombre que era el primer hijo de Eva.

3790 A.C.

Ya habían pasado 5 años desde que Eva tuvo a su primer hijo, caín, en el averno Lucifer y yo sabíamos la verdad de ese niño, el no era hijo de Adán sino de Lucifer, era la semilla, eso arruinaría a Adán y lo sabía, quería contárselo, arruinarlo, la familia del Edén fueron echados, rompieron la regla, ahora vivían a las afueras del Edén.

"¿Que quieres hacer, Lilith?" Me preguntó la diosa de la vida, entonces observé a lo lejos a Adán jugando con Caín, sonreí al verlos, quería arruinarle su paraíso, entonces respondí a Asherah, "Quiero decírselo", entonces Asherah me miró con aprobación.

Hacerlo sería burlarse y retar a Dios, aparte de destruir a Adán, eso era lo que quería, destruirlo, hacerlo sufrir, entonces caminé hacía el pero fuí detenida por Eva, quien se puso en medio del camino, "¿Que vas a hacer?" Preguntó la mujer preocupada, "le contaré todo, quiero ver su rostro al saber que el niño no es de el" dije con una sonrisa en mi rostro.

Eva se arrodilló y empezó a llorar, "Te suplico, por favor no le digas, sí lo sabe lo matará" suplicaba la mujer mientras lloraba con gran tristeza, entonces la levanté y puse mi mano en el cuello de la mujer mientras está lloraba, "Mis hijos murieron, tu esposo me violó, me dañó sin piedad, crees que me queda algún centímetro de humanidad o de lastima, ya no tengo eso, no me importa lo que le pase a tu hijo, porque yo ya perdí a los míos" entonces tiré a Eva al suelo y caminé hacía Adán.

El hombre quedó sorprendido al ver a Lilith, puso al niño en el suelo, el hombre tomó una piedra y se lanzó a atacarme, el ya no era más fuerte que yo, pero dejé que tomará ventaja, yo solo me protegía, entonces me tiró al suelo, cuando iba a empezar a golpearme en la cara con la piedra, lo detuve, con gran fuerza apreté su mano y luego lo tomé del cuello y lo puse a el contra el suelo.

"Detente, no estás contenta con haberlo arruinado todo, sí te hubieses quedado conmigo nada de esto hubiese pasado" decía el hombre mientras yo apretaba su nuca con mi rodilla, entonces me acerqué a su oído y le susurré, "El niño no es tuyo, el niño es del diablo" susurré para luego levantarme y empezar a reír a carcajadas, Adán sé quedó en shock mirando a Caín, quien lloraba aterrorizado, entonces el hombre tomó una piedra y se dispuso a acabar con Caín, pero Eva se puso frente a su hijo.

"Sí lo matas me tienes que matar a mí, junto al hijo que estoy esperando" dijo Eva llorando desconsolada, entonces Adán dejó caer la piedra al suelo y se arrodilló ccabizbajo, empezó a gritar desesperado por la rabia y tristeza que lo llenaba, yo miraba todo con una gran sonrisa en mi rostro, Adán se volteó y me miró, "Te juro Lilith, que algún día acabaré contigo, veré tus ojos siendo apagados, te voy a matar maldita mujer" entonces me acerqué a él y le dije, "No puedes matar lo que ya está muerto, además, nacimos para morir" entonces abrí mis alas de demonio y me fuí volando de ahí.

1 A.C.

"¿Que haces aquí?" Pregunta Lilith a Caín, este último se lanza y la abraza con fuerza, "Pensé que nunca nos volveríamos a ver" dijo Caín, Lilith se separó de el con precaución, ella no sabía cuáles eran sus intenciones, "¿Que quieres?" Preguntó la demonio al hombre, entonces Caín le mostró una pluma, Lilith la reconoció al instante, era una pluma de Samael, "¿Cómo la haz conseguido?", Preguntó mirando con nostalgia la pluma, "la encontré en mi casa hace unos días, entonces fuí atacado por Abel, el mató a mi esposa, intentó matarme pero no pudo, ahora parece estar buscando las dagas de la muerte", contó caín a Lilith.

Lilith tomó la pluma y una lágrima empezó a recorrer su mejilla, "Abel tiene una de las dagas" dijo Lilith entre lágrimas, "Debes venir con nosotros, pero te advierto, sí intentas algo te voy a degollar", dijo con tono amenazante la madre de los Lilims, entonces Caín sonrió y asintió con la cabeza.

Lilith llevó a Caín a la cabaña que tenían, al entrar encontró al grupo comiendo, Fausto había preparado la comida junto a Giovanni, todos estaban reunidos en la mesa, Marie, Samara, Fausto y Giovanni, los que quedaban del grupo, Lilith se sentó en la cabeza de la mesa, Caín se sentó a su lado, "¿Quien es el?" Preguntó Samara a lo que Lilith le respondió dándole la pluma que Caín le había dado, perteneciente a Samael, "Es Caín, por alguna razón apareció una pluma de Samael en su casa, antes de que Abel matará su esposa" contó Lilith mientras comía lo que Fausto preparó, "Por cierto está delicioso, Fausto" agregó Lilith, entonces todos se le quedaron viendo sorprendidos ante la frialdad de Lilith, "Lo dices como sí no fuese nada", dice Giovanni sorprendido por la actitud de Lilith, "Solo intento relajarme, hay un ángel caído intentando matarnos, debemos proteger al hijo del ser que destruyó todas nuestras vidas, también tenemos que protegernos de el segundo hijo del hombre que también destruyó mi vida, mientras evitamos el apocalipsis, no sé ustedes pero parece un chiste" dice la demonio para luego levantarse y salir del lugar.

Marie fue tras ella, Lilith se detuvo y empezó a gritar a los cielos, "¡¿CUAL ES TU PLAN?!" Gritaba una y otra vez la demonio, entonces Marie la abrazó, la primera mujer empezó a llorar desconsolada, "Soy la madre del hijo de un ser que destruye todo a su paso, ¿Crees que esto no me sobrepasa?" Dice la mujer Nazarena, entonces Lilith se separó de ella y la miró a los ojos, "Ver la pluma de Samael, solo puso más preguntas en este insensible y duro camino que "el" colocó, no entiendo cual es el propósito, ¿Cómo terminará todo esto?" Dijo llorando desconsolada la demonio, entonces Marie secó sus lágrimas y la miró a los ojos, "Haz estado aquí desde el principio, tú eres la que prevalece, incluso cuando todos nosotros ya no estemos, ella, la primera mujer, prevalecerá" aseguró Marie con seriedad, entonces Lilith la miró y preguntó, "pero, ¿Que perderé al prevalecer?", Marie tomó la mano de Lilith y la colocó en su mejilla, "Tal vez todo, pero sé que lo podrás sobrellevar, tú puedes con todo, Lilith" dijo la nazarena besando la mano de la pelirroja.

Ambas volvieron a la cabaña, dónde estaba Caín contándole a los demás como ocurrió todo, "El tomó a mi esposa del cuello, y lo apretó, mientras a mí me tenía encadenado, ví su vida irse por sus ojos" contaba con gran tristeza el hijo de Eva, entonces Fausto miró al hombre a los ojos y le preguntó, "¿Que acaso no es justo?, Digo, tu lo mataste a el, ¿No es así?" Entonces hubo un silencio en el lugar, Caín solo lo miró y le dijo, "La historia está llena de falsas víctimas, quédate con eso, yo estoy cansado y tengo que dormir" entonces Caín se levantó y se dispuso a irse de la cabaña, entonces Marie lo detuvo, "quédate aquí, he aprendido que los malos suelen ser los buenos y los buenos suelen ser los malos, quédate" entonces Marie condujo al hombre a su habitación, todos miraron a Fausto con desaprobación, "perdón por ser sincero" dijo el hombre encogiendo sus hombros.

Todos fueron a dormir, menos Samara y Lilith quienes salieron a hablar afuera de la cabaña, "Marie está cerca de dar a luz, Lilith, ¿Que piensas hacer cuando Nazca Yesua?" Pregunta Samara a la demonio Lilith, entonces Lilith miró al suelo y dijo, "Haré lo que tenga que hacer" levantó la mirada y dejó ver sus ojos a Samara, completamente negros, mostraba su oscuridad y entonces dijo, "No olvides que después de todo, soy una demonio" dijo Lilith para retirarse a dormir, Samara se quedó ahí pensando, ella sabía que Samael la había resucitado por alguna razón, tal vez salvar al niño era la razón.

Raguel y las Valqueris estaban reunidas, planeando su siguiente ataque, cuando de repente se encontraron con Abel, quien se arrodilló ante la mujer del rostro deformado, "Me enviaron hacía acá, me dijeron que estás interesada en las dagas" dijo Abel arrodillado ante Raguel, entonces el ángel levantó la cabeza de el segundo hijo de Eva y le preguntó, "¿Quien te envió?", Entonces Abel respondió riendo a carcajadas, "Aquel que ha estado desde el principio" Abel luego de decir esto sacó la daga que le robó a Lilith, Raguel la miró con felicidad, "Creo que ya nos entendemos, Abel" El ángel caído tomó la daga y la miró con una macabra sonrisa.

Había amanecido, el grupo se levantó temprano, para seguir el camino, el parto de Marie se notaba cada vez más cerca, el camino era agotador, pero debían seguir, por alguna razón tenían que llegar a Belén, fue Gabriel quien lo dijo, en el camino se detuvieron varías veces para descansar unos minutos, al llegar la noche se quedaron en una posada en las entradas de Jerusalén, ahí los recibió una mujer llamada Luna, ella les ofreció comida y bebidas al grupo.

Luna se acercó a Marie y tocó su vientre y le dijo, "Estás a poco tiempo de dar a Luz, lo puedo ver, lo puedo sentir" dijo la mujer sonriendo, entonces Lilith le quitó la mano del vientre de Marie, "¿Eres bruja?" Preguntó con poca amabilidad la demonio, entonces Luna respondió riendo, "Crees en cuentos de brujas, pues no soy una de ellas, ayudó a mujeres a dar a luz o a evitarlo, sé cuándo un bebé está a punto de nacer" dijo la mujer, para luego soltarse de Lilith, quien la miraba con sospecha, entonces Luna se sentó y sacó del bolso que llevaba un frasco, "un día o tal vez dos, nacerá el bebé, pueden creerme o no, pero mis servicios están con ustedes" dijo Luna para luego extender su mano dándole el frasco a Lilith, "Es para los problemas de sangrado vaginal" entonces la mujer se fue de la habitación de el grupo, Lilith enojada intento seguirla pero fue detenida por Caín.

Samara empezó a olfatear, sentía que algo se acercaba, "Abel está aquí" Dijo Samara para que luego de decir esto Abel entrara en la habitación, con una macabra sonrisa en su rostro y jugando con una de las dagas de la muerte como si de un juguete se tratara, "Vaya que hueles todo" entonces Caín se lanzó contra su hermano pero Lilith lo detuvo, era peligroso, Abel tenía una daga de la muerte podía acabar con cualquier ser.

"Es un bonito grupo, muy diverso, muy colorido" dijo en tono burlesco, entonces Lilith se acercó a el sin ningún temor, a pesar de que la daga podía acabar con su existencia, "Las dagas no te hacen más hábil Abel, sigues siendo el mismo niño torpe igual que tu padre" Dijo Lilith con una sonrisa en su rostro, entonces Abel intentó apuñalar a Lilith con la daga pero está última la detuvo, sosteniendo la mano derecha de Abel que fue con la que el la atacó, la dobló quebrandola, "en serio, eres patético" entonces Lilith le quitó la daga y lo amenazó poniendo la daga en su cuello, rozando su piel, "Lilith, detente" dijo Marie nerviosa ante la situación, entonces Caín se acercó, "Sí no lo haces tú, lo haré yo" dijo el primer hijo de Eva furioso, estaba frente al hombre que mató a su esposa, "Nadie matará a nadie hoy", Lilith se levantó y guardó la daga, entonces Abel empezó a reírse a carcajadas, "¿Que te parece gracioso?", Preguntó Samara al hombre, entonces el siguió riéndose hasta que Lilith le dió un puñetazo en la cara, "Ella ya sabe dónde están, lo peor es que creíste que era la daga real" dijo para continuar riéndose a carcajadas.

Entonces Luna, la mujer de antes entró a la habitación y se mostró quien en realidad era, ella era Belquiet, pero les hizo creer que era una humana para engañarlos, entonces Samara le lanzó dagas que salieron de sus muñecas en los ojos de Belquiet, acabando con su vida, "Vienen hacía acá" entonces Lilith tomó a Marie y la llevó al caballo que tenían, los demás se quedaron ahí esperando mientras Abel se reía a carcajadas de la situación, Lilith sacó a Marie en el caballo, de la posada.

Las Valqueris aparecieron, empezaron a atacar a el grupo quien se defendía con todo, la primera batalla ha empezado, mientras huyen, Marie empieza a gritar, su bebé está a punto de nacer, el inicio del sonido del nacimiento.

Lilith cabalgaba cada vez más rápido, los gritos de Marie eran intensos, su fuente se rompió, Belén estaba cerca, el bebé tenía que nacer ahí.

Mientras tanto, los demás peleaban con las Valqueris, Samara acababa con ellas con sus dagas, Fausto las aplastaba con su fuerza y Caín y Giovanni peleaban con espadas contra las hijas de Raguel, mientras el ángel caído veía todo desde los cielos.

En la tierra el sonido se sentía cercano, pero también en los subsuelos del averno, ahí estaban reunidos Lucifer y Asherah observaban todo, "Siempre supe que Lilith nos traería problemas" dijo furiosa la diosa de la vida mientras bebía de una copa de vino, Lucifer temblaba de la impotencia, estaba a punto de nacer su rival, "Ella tiene que entenderlo" decía el primer ángel caído, entonces Asherah se acercó a el y lo abofeteo, "Eres idiota, ¿Crees que cambiará de opinión?, casi quema viva a tu hermana" dice la diosa lanzando su copa de vino al suelo con gran furia.

Unos demonios entraron al lugar muy asustados, "Mi reina, mi rey" dijo uno de los demonios haciendo reverencia ante ellos, "El prisionero Metatron está intentando escapar" entonces Lucifer golpeó la mesa con gran furia, Asherah tomó su mano y con tranquilidad le dijo, "encárgate de tu desastre, yo me encargo del mío", entonces la Diosa fue escoltada hasta el lugar donde estaba su hijo, al entrar vió a su hijo rodeado de demonios y siendo observado por cerbero el perro del diablo a lo lejos.

"Salgan todos" dijo Asherah con voz amenazante, entonces todos los demonios que rodeaban a Metatron se fueron pero Cerbero se quedó observando a lo lejos, "Todos" dijo la diosa refiriéndose a Cerbero, quien se alejó del lugar, entonces Asherah se acercó a Metatron quien estaba inquieto y enojado, "¿Que estás haciendo?" Preguntó Asherah a lo que Metatron respondió, "intentando salir de este agujero, dijiste que me ayudarías pero me enteré que estás ayudando a Lilith para que mate al niño" el ser de gran tamaño y con su característica armadura reclamaba a su madre, "En serio, no heredaste la inteligencia de mi eso es seguro" dijo la diosa, "Déjame dejarte algo claro, todo lo que estoy haciendo es por tí, crees que la profecía se tenía que cumplir ahora, no, lo hice yo, engañé a Gabriel para que anunciará al bebé, entonces el espíritu hizo lo suyo, elegí a Marie porque sabía que estaba ligada a Lilith y no la mataría, cuando el niño nazca nadie podrá matarlo hasta que sea el 33, todo lo que estoy haciendo es por tí es parte del plan", entonces Metatron se empezó a poner nervioso, se movía de lado a lado, "Mi padre profetizó que yo sería la última trompeta y sí Raguel o Lilith detienen la primera ninguna de las siguientes sonará y pasaré aquí el resto de la existencia" entonces Asherah tomó la cara de el hombre y lo miró a los ojos, "Dejé de creer en las promesas de tu padre cuando tuve el último hijo con el, deberías de hacer lo mismo".

Asherah abofeteo a Metatron, este último intentó atacarla pero se contuvo, "soy tu madre, soy el único ser de todo esté puto universo que le importas, incluso por encima de mis otros hijos, quiero que te contengas, te calmes y sí algún día piensas ser rey de todo, es momento de que te comportes como tal", entonces luego de decir esto la diosa salió del lugar, los demonios y el perro Cerbero entraron y tomaron a Metatron y lo encerraron de nuevo, mientras el ser gritaba, "¡SERÉ EL REY!" una y otra vez repetía eso entre gritos de histeria.

Lilith y Marie llegaron a una posada en Belén, rápidamente una mujer tomó a Marie para ayudarla a dar a luz, entonces Lilith sé quedó en la entrada esperando la inminente llegada de las Valqueris y de Raguel.

Los demás seguían a las Valqueris que iban camino a Belén siguiendo a Marie, entonces Raguel se plantó frente a ellos, "Todos ustedes, no entienden, estoy intentando evitar que el fin llegue a este universo, los estoy protegiendo todo" entonces Raguel sacó su espada y les grito, "¡NADIE ME DETENDRÁ EN MI OBJETIVO!" gritó el ángel muy furioso, entonces a lo lejos se empezaron a escuchar gritos, era Marie, estaba cerca y estaba dando a luz, entonces Raguel abrió sus alas y voló hacia donde venía el sonido, Samara y Fausto se adelantaron y fueron tras ella, mientras Giovanni y Caín arrastraban a Abel a quien tenían prisionero.

Lilith vió como las Valqueris se acercaban a ellas, mientras dentro de la posada los gritos de dolor de Marie eran la música del lugar, el nacimiento estaba cerca, la primera trompeta iba a sonar, entonces Lilith recordó como llegó hasta ahí.

Algunos meses antes...

Meses antes de llegar a Nazareth, fue la primera vez que Asherah nos habló de la misión a la que nos habían preparado desde hace Miles de años, Asherah nos reunió a Raguel y a mí, ella había sido mi compañera desde que Samara murió, "El momento ha llegado, el mesías va a nacer" dijo la diosa mientras servía copas de vino para nosotras.

Entonces tomé la copa y dí un sorbo, "Dame toda la información y acabaremos con la madre, evitaremos el nacimiento y las trompetas no sonarán" dije con serenidad, era mi momento, por fin toda la venganza se iba a completar, Metatron pasaría toda su existencia encerrado, "No será tan fácil, Gabriel es el ángel de la guarda de la madre, primero deben acabar con el para entonces ir a por la mujer" explicó Asherah.

Entonces me levanté, me tomé toda la copa y dije, "mientras más tiempo perdemos, más cerca estan las trompetas de sonar" dije para luego caminar hacia la salida, "Sean piadosas con mi hijo, el no tiene la culpa de los pecados de su padre" pidió con tristeza la diosa quien cabizbaja dió la señal de que nos abrieran la puerta para la tierra, ahí estaba Gabriel.

Al llegar a la entrada a la tierra, Raguel tomó mi mano y me dijo, "Gabriel también es mi hermano, déjame hacerlo yo" pidió el ángel, entonces asentí con la cabeza y viajamos a la tierra, al llegar a la tierra vimos a Gabriel, el caminaba por un bosque de la tierra, parecía no estar con su humana cerca.

El ángel nos vio y sonrió, "Sé a lo que vienen, lamentablemente no les puedo permitir que acaben con ella tan fácil" dijo el ángel mientras tomaba una manzana de un árbol, entonces Raguel se acercó a el y le dijo, "Sabes lo que ocurrirá cuando el niño nazca, en serio quieres ser parte de esto como lo fuiste de lo de el diluvio y lo demás, ¿seguirán siguiendo a un dios loco?" Preguntó Raguel a su hermano, el cual mordió la manzana y sonrió a su hermana, se acercó y acarició su cabello, "Hermana, nunca fuiste buena viendo la gracia de las cosas, nuestro padre tiene un plan perfecto, hasta ustedes son parte de ese plan", dijo el hombre abriendo sus brazos y mirando al cielo.

Entonces empecé a reirme a carcajadas ante lo que decía el ángel, "Tu padre mató a mis hijos, aparte de matar a más humanos que cualquier rey tirano, tu padre es ese que tiene el ego más grande de todo el universo, tu padre es ese que ni siquiera se interesa por sus hijos" entonces saqué mis hachas y me preparé para pelear, el ángel Gabriel sacó su arco y apuntó a Raguel, está última lo miró a los ojos, con una sonrisa en su rostro, "Te conozco hermano, eres débil, eres poco, eres el más débil de todos nosotros" entonces Gabriel disparó una flecha directo a la cabeza de Raguel, está detuvo la flecha.

La pelea empezó, Raguel sacó su espada y empezó a esquivar las flechas que su hermano le lanzaba, Raguel al estar lo suficientemente cerca, tomó el arco de su hermano y lo quebró, este último lanzó una patada ascendente a la cara de su hermana haciéndola caer al suelo, el ángel abrió sus alas y se dispuso a huir, lo seguí hasta que el ángel se detuvo en una catarata.

"Lilith, conozco tu historia y lamento mucho lo ocurrido" dijo el ángel mirando hacía abajo de la gran catarata, "Lamentaras más cuando tú cabeza caiga por esa catarata" dije furiosa, entonces me acerqué a él y lo empecé a golpear en la cara a puñetazos, el ángel no se defendía, entonces en un momento lo tiré al suelo, y levanté mis hachas para cortarle la cabeza, entonces el ángel pronunció unas palabras que harían un desastre, "Yud-hey-vav-hey", entonces varios rayos cayeron sobre nosotros, dejándome inconsciente.

Sentía fuego, sangre a mi alrededor, muerte, gritos, soledad y tristeza, el mundo era un lugar vacío, el sonido de la nada era lo único que escuchaba, entonces escuché mi nombre.

"Lilith" dijo Raguel despertándome, entonces ví un gran hueco donde antes estaba la catarata, ahora era piedra, una piedra oscura y extraña, como carbón, entonces ví que el desastre abarcaba mucho espacio, "¿Dónde está Gabriel?" Pregunté a Raguel quien se veía asustada, "Ha huido, usó esto para escapar.

Entonces me levanté rápidamente y le dije a Raguel, "llama a las Valqueris, tenemos que encontrarle" dije caminando por la piedra negra, entonces un portal de fuego se abrió y de el salieron unas cuantas Valqueris, quienes rápidamente nos guiaron, el camino fue largo, ambas íbamos volando, meses de viaje, hasta que llegamos al río Jordan, dónde estaba Gabriel, completamente desnudo, bañándose en el río, entonces me acerqué a él, "Tu padre ha de estar enojado por haber pronunciado su nombre", dije al ángel quien parecía tranquilo.

El ángel salió del río y se acercó a ambas, "¿Quien acabará con mi vida?" Preguntó el ángel, entonces Raguel se acercó a el, "Esto no debía haber sido así", entonces Gabriel se acercó a mi, susurró a mi oído lo siguiente, "El niño debe nacer en Belén, Marie de Nazareth es el nombre de la madre" me susurró para luego ponerse frente a Raguel, no entendí porque lo hizo, entonces Raguel lo tomó del cuello y lo levantó, el la miró con una sonrisa en su rostro, no tenía miedo, entonces Raguel apretó el cuello del ángel y lo quebró, acabando con su vida.

Me quedé con lo que Gabriel me había dicho, trataba de entender porque me lo había dicho a mí, nunca pensé que era aquella niña que salvé hace 16 años.

Presente...

Lilith recordaba, mientras Marie había dejado de gritar, aún no era el momento de que Yesua naciera, entonces Lilith vió a los demás llegar, Samara se acercó a ella.

"Raguel viene hacía acá, trae al resto de las Valqueris" dijo la demonio a su amiga Lilith, entonces Lilith se puso frente a ellos y dijo, "Está será la batalla final, falta poco para que el bebé Nazca, debemos ganar esto, no dejen que Raguel obtenga las dagas o perderemos, el destino se escribirá hoy, nosotros, demonios, asesinos, pecadores y mujeres, seremos los salvadores, seremos todo aquello que nunca pensaron que seríamos" dijo en tono de discurso la demonio, todos asintieron con la cabeza, sacaron sus armas y se prepararon para la batalla, "¡POR MARIE!" Gritó el grupo.

Capítulo 6

El sonido del nacimiento

Las Valqueris corrían hacia la posada donde estaba Marie, mataron a varios pueblerinos de Belén, mientras Raguel se acercaba con tranquilidad, entonces Lilith, Samara y Fausto fueron a enfrentarse a ellas, mientras Giovanni y Caín protegían a Samara y al prisionero Abel.

Lilith empezó a matar algunas Valqueris con sus hachas, mientras Samara les lanzaba las dagas que lleva en sus venas y su hermano Fausto las aplasta, Raguel se acerca a ellos con un temple de relajación, "Hemos llegado hasta aquí, es patético pero todos ustedes tendrán que morir", entonces flechas de fuego fueron lanzada contra el trío, Fausto era inmune a eso, pero Samara fue herida en el hombro por ellas, las flechas venían del averno.

Las Valqueris empezaron a rodear al trío, entonces tres hombres llegaron a ayudar, parecían ser brujos, "No teman, somos los reyes magos, hemos venido por el niño" dijo el que parecía ser su líder, entonces ellos empezaron a lanzar rayos de energía por doquier acabando con varias de las Valqueris, entonces Raguel abrió sus alas y sé elevó, con su poder empezó a quitarle la respiración a los tres magos, quienes empezaron a sentir como el aire se iba de su garganta, entonces Lilith lanzó fuego contra Raguel para defender a los magos, Raguel se protegió con sus alas pero igual fue herida y cayó al suelo.

De entre las sombras apareció Belquiet, quien todos pensaban que había muerto a manos de Samara pero parece que sobrevivió, tenía sus ojos tapados con vendas y entonces todos la miraron, Samara intentó atacarla pero entonces Belquiet se quitó la venda y dejó ver las cavidades llenas de sangre dónde antes estaban sus ojos, pero su poder seguía funcionando, el poder de mostrar aquello que te lastima el alma, entonces usó su poder en Samara.

Samara empezó a ver todo blanco, lleno de flores blancas que flotaban en agua cristalina, pero entonces todo se empezó a volver rojo sangre, las flores se convirtieron en ojos y el agua se convirtió en sangre, los ojos observaban todos a Samara quien empezó a intentar acabar con ellos, los aplastaba uno por uno pero por cada que aplastaba aparecían mil más.

Un hombre se asomó saliendo de la sangre, "Soy Tu perdición, soy tu maldición, soy tu pasado que también será tu futuro" entonces dagas empezaron a salir del cuerpo de Samara sintiendo mucho dolor, cerró los ojos y gritó de terror.

Entonces abrió los ojos y sé vió a si misma cuando era pequeña, estaba junto a su hermano, ambos entrenaban sus poderes en el averno, Samara empezó a llorar, eran los momentos más felices para ella, al lado del ser más importante para ella.

Entonces empezó a sentir un vacío en su pecho, como si ardiera por dentro, era el dolor de la perdida, el dolor de la tristeza que le llenaba el saber que su hermano no la quería igual como ella a él, empezó a ver a su hermano con otros demonios mientras ella se iba quedando cada vez más sola, lloraba desconsolada, veía a su hermano feliz, sin importarle que ella no lo era, recordó momentos de soledad, mientras la persona que más quería ella mostraba poco interés.

Entonces vió a Lilith alzarse volando por las paredes flamantes del averno, la primera mujer se acercó a ella, "Ven conmigo", entonces Samara tomó la mano de Lilith y se elevó junto a ella, entonces todo el averno se deshizo para dar paso a la tierra, a sus cielos, pero también a gritos de parto, era el nacimiento de Marie.

Entonces Samara sintió su muerte, con el mismo dolor y sufrimiento que cuando murió, pero más dolor en el alma, nunca pudo cumplir su sueño, su esperanza de algún día volver a estar con su hermano como siempre, sentía ese dolor de no poder haberlo vuelto a abrazar, sentía esa tristeza.

El lugar se volvió a tornar blanco como al principio, pero está vez habían cien seres más, junto a uno que tenía alas y un hacha, era Samael y los Lilims, entonces empezó a gritar, "¡QUIERO A MI

HERMANO!, ¡DÉJAME VOLVER A VER A MI HERMANO POR FAVOOOOR!" Gritaba desconsolada, entonces Samael se acercó a ella y la tomó del cuello, "No es tu tiempo, pero pagarás por volver, tarde o temprano pagarás" entonces Samara despertó.

El daño del alma que Belquiet le había hecho a Samara sacando todos esos sentimientos a flote era muy grande, el dolor en su alma era insoportable, la demonio solo se quedó ahí tirada llorando, sin ninguna expresión.

Entonces Belquiet fue por su siguiente víctima, Giovanni, quien junto a Caín mantenían encadenado a Abel.

Fausto vió a su hermana ahí tirada, al acercarse a ella, el miró sus ojos se veían vacíos, estaba herida por dentro, "Levántate, Samara, levántate por favor" entonces Samara colocó sus manos en la cara de su hermano y le dijo, "¿Porque?, ¿Acaso nunca te diste cuenta cuanto te amaba hermano?, ¿Porque nunca me devolviste todo el amor que yo te di?" Entonces Fausto empezó a llorar.

Belquiet se acercó a Giovanni y a Caín y rápidamente atacó a Giovanni, Caín intentó detenerla pero Las Valqueris lo atacaron impidiéndole llegar a la demonio.

Giovanni empezó a sentir dolor en su alma, mucho frío y mucha tristeza, se vió a sí mismo sentado en una pequeña mesa, comiendo lo que su madre le había preparado, en el fondo se escuchaban gritos, gritos de auxilio pero el pequeño Giovanni solo seguía coniendo, esos gritos fueron silenciados y se convirtieron en sonidos de golpes, el pequeño niño seguía comiendo, una lágrima recorría su mejilla pero seguía comiendo sin mostrar expresión alguna.

Entonces el lugar se quemó, para dar pasó a una pared, dónde estaba tirada una mujer, era la madre de Giovanni, todos en el pueblo estaban reunidos ahí con piedras en sus manos, Giovanni se volvió a ver a sí mismo ahí parado mirando a su lastimada madre tirada, ella veía a su hijo con gran pena pero con una ligera sonrisa para intentar tranquilizar al niño, entonces la mujer empezó a cantar una canción que el niño le cantaba a ella cuando estaba dormida, 'Mamita está dormida, mamita está dormida" entonces empezaron a apedrearla, el niño solo cerró los ojos y escuchaba la voz de su madre, mientras era aniquilada, ella no dejó de cantar hasta su último aliento.

Entonces el lugar se desvaneció y se empezó a convertir en un cuarto de madera, Giovanni se vió a sí mismo bailando, entonces su padre entro y lo golpeó brutalmente, Giovanni sentía cada golpe en su alma, pero abrubtamente el sueño se detuvo.

Entonces al despertar, Giovanni vio como Caín le había clavado la espada a Belquiet en el cuello, atravesandolo y acabando con la vida de la demonio.

Mientras tanto, Samara y su hermano estaban sentados juntos, ambos lloraban, Samara sentía aún el gran dolor en su alma, "Nunca lo quise hacer Samara, dejarte a un lado, fuí egoísta, debí darme cuenta" dijo sollozando el demonio.

Samara lo miró y le dijo, "¿Era tan malo estar conmigo?, ¿Ellos eran mejor que yo?" Preguntó la demonio a lo que Fausto respondió tomando su mano y poniéndola en su rostro y diciendo, "No es así, solo no me dí cuenta del daño que te estaba haciendo" ambos se abrazaron con gran fuerza.

Lilith luchaba contra las Valqueris que intentaban entrar, Lilith se abrió sus alas se alzó a volar y con el fuego que salía de la palma de su mano quemó a todas las Valqueris pero cayó debilitada.

Raguel se acercó a ella, la tomó del cuello y la puso contra un árbol, "Eres patética e incohere, proteges a aquel que tanto daño te causó, ese niño tiene una parte del asesino de tus hijos", Raguel acercó la daga al cuello de Lilith, estaba a punto de acabar con su existen, entonces la demonio sonrió y miró a Raguel a los ojos, "Lamento mucho que tengas que dejar de existir" Dijo Lilith para que acto seguido una de las dagas de la muerte se clavará en el cráneo de Raguel, fue Samara quien la lanzó, Raguel se arrastró unos centímetros con la daga clavada en su cráneo.

El ángel miró al cielo y con lágrimas en sus ojos pronunció los siguiente, "Yod-Hey-vav..." Entonces Fausto le sacó la daga del cráneo interrumpiendo lo que estaba a punto de decir, el ángel empezó a temblar, todo su cuerpo se movía de lado a lado, entonces se detuvo y dijo sus últimas palabras, "Trompetas", entonces explotó y llenó de sangre a todos los que estaban ahí, su cuerpo explotó por completo y lo único que quedó fue sangre.

Entonces un sonido marcó el inició del fin, una trompeta sonó en los cielos y luego de esto inmediatamente un bebé llorando fue el canto que dejó ver qué Yesua había nacido, el inició del sonido de las trompetas había ocurrido, entonces Lilith caminó hacía el lugar de donde provenía el sonido.

Samara la detuvo, la miró a los ojos con lágrimas en estos y le dijo, "No puedes hacerlo, no le puedes hacer esto a Marie" entonces el rostro de Lilith empezó a cambiar, se empezó a volver morado y sus cuernos empezaron a salir sus ojos completamente negros, Lilith liberó todo su poder abrió sus alas y empezó a atacar a Samara y a Fausto, "¡LAS TROMPETAS NO PUEDEN SONAR!", Gritaba Lilith mientras les lanzaba bolas de fuego a los hermanos.

Mientras tanto, Caín y Giovanni sintieron que algo se acercaba, entonces una mujer apareció, tenía una capucha que ocultaba su rostro, "¿Quien eres?", Preguntó Giovanni mientras al fondo se escuchaba el llanto de el bebé Yesua, entonces la mujer sé dejó ver, y Giovanni quedó en shock al ver quién era, la mujer era Miriam, quien al parecer no había muerto.

"Liberen a Abel, o tendré que hacerles daño" Dijo la bruja con una sonrisa macabra en su rostro, entonces Caín se postró frente a la bruja y le dijo, "Creo que serás tú la dañada", entonces Miriam empezó a reírse a carcajadas y con su mano hizo un movimiento y Giovanni dejó de respirar, entonces Caín intentó atacar a la bruja pero está dijo, "sí me matas, creo que el nunca volverá a respirar", Giovanni estaba en el suelo ahogándose poco a poco, entonces la bruja caminó hacía Abel, con la mirada de frustración de Caín, "Un trato es un trato" Dijo la bruja liberando a Abel y luego devolviéndole la respiración a Giovanni, "Pero al final de al cabo, empezó la temporada de brujas" luego de decir esto la bruja lanzó una daga a Giovanni, impactando a esté en el pecho.

La bruja chaqueo sus dedos y desapareció junto a Abel, Caín corrió hacía Giperoovanni para intentar ayudarlo, pero ya era tarde, no podía hacer nada, "Diles a los demás que gracias, diles que les agradezco por haberme hecho sentir en una familia", entonces el jóven Giovanni dió su último suspiro, Caín gritó desesperado y furioso.

Mientras Lilith luchaba contra Samara y Fausto, en un momento Lilith le dió un golpe a Samara noqueandola, entonces Fausto la tomó del cuello y empezó a apretar, pero Lilith liberó una gran ráfaga de Fuego dejando fuera de combate al demonio.

La primera mujer caminó hacía la posada donde se escuchaba a Yesua llorando, la mujer que ayudó a Marie con el parto estaba limpiando al bebé cuando vió algo en las sombras, el fuego de las manos de Lilith iluminó y dejó ver qué era la demonio Lilith, la mujer miró aterrorizada ante el rostro demoníaco de Lilith, "Eres el Diablo" dijo la mujer, Lilith la tomó de los hombros y la lanzó por la ventana hacía afuera de la casa.

Lilith se acercó al bebé y lo miró, era moreno, tenía el cabello marrón y sus ojos eran cafés oscuros, era un bebé precioso, pero ella sabía lo que su existencia significaba, entonces Lilith encendió sus manos en fuego, preparándose para acabar con el niño, cuando Marie apareció, "¿Lilith?" Dijo nerviosa la Nazarena, Lilith volteó a verla, Marie quedó sorprendida y asustada al ver la forma demoníaca de el ser.

"Por favor, Lilith, no me hagas esto, no te conviertas en lo que tanto daño te hizo, no hagas esto, no me destruyas, te lo suplico" dijo Marie llorando mientras Lilith se acercaba a ella, Lilith tomó a Marie de los hombros y llorando le dijo, "Lo siento Marie, pero es mi naturaleza, ellos destruyeron todo centímetro de piedad que había en mí, al final me convirtieron en un demonio", dijo Lilith para luego llevar entre forcejeo a Marie hasta la entrada, ya en la entrada Lilith lanzó a Marie fuera de la posada, la nazarena gritaba por piedad.

Lilith caminó hasta estar al frente de el bebé Yesua, miró al niño con lágrimas en sus ojos y encendió sus manos de nuevo, afuera Marie gritaba y lloraba, corrió hacía la posada pero fue tarde, una explosión destruyó el lugar y la dejó inconsciente, entonces todo se volvió oscuro para Marie.

Marie fue despertada por Samara, y al levantarse no podía ver nada gracias a una gran nube de humo que nublaba su vista, entonces cuando el humo se disipó, Marie vió aquello que destruyó su alma, la posada estaba en llamas, Lilith la había destruido, entonces Marie gritó y lloró desesperada, siendo abrazada por Samara, los gritos de la madre quedarían en el lugar para siempre.

Fausto mientras tanto observa a Caín llorando sobre el cadáver de Giovanni, entonces el demonio cae arrodillado y empieza a llorar desconsolado, todo era tristeza, todo era lágrimas, todo era dolor.

En los Aires volaba lejos de ahí Lilith, con unas sábanas en sus brazos, la demonio iba llorando desconsolada, sabía que lo que había hecho la había convertido en una villana.

Epílogo

En el castillo del rey Herodes, Miriam la bruja se presenta ante el rey, con Abel a su lado, la bruja se arrodilla y entonces dos personas más se muestran, son Adán y Eva, "Haz tardado, no haz cumplido tu misión principal", dijo Adán con autoridad, entonces la bruja aún arrodillada respondió, "he traído a su hijo mi rey, el niño de Dios está muerto, Lilith lo mató" contó la bruja, entonces Adán se acercó a ella, "Nunca pensé que esa débil mujer fuese capaz de algo así" Dijo el primer hombre.

Herodes golpeó con su puño la mano de su trono para luego decir, "Aún nos debes mucho Miriam, así que tienes una misión, acaba con los traidores magos, quiero sus tres cabezas aquí" dijo el Rey Herodes.

Miriam se levantó y se fue del lugar.

En el río Jordan los tres reyes magos dormían plácidamente, habían pasado días desde lo acontecido en Belén, entonces Miriam apareció, lanzó una daga a Baltasar el menor de los tres reyes magos y acabó con su vida, luego con su poder quitó la respiración de Melchor el mayor de los reyes y luego de unos minutos murió, entonces quedaba Gaspar, quien intentó luchar contra la bruja, pero está tenía una fuerza brutal, y lo tiró al suelo, empezó a golpearlo con gran violencia, la sangre de Gaspar salpicaba el rostro de la bruja, aunque esté ya estaba muerto, la bruja seguía golpeándolo entre risas aterradoras.

Mientras tanto, en un pueblo pequeño de Belén, una mujer misteriosa con una capucha caminaba por Belén, cargando un bebé que lloraba y lloraba, entonces la mujer se quitó la capucha dejando ver su rostro era Lilith y el bebé era Yesua, quien no había muerto.

"El sonido de las trompetas seguirá, hasta que la séptima trompeta suene, será cuando el fin de esta historia llegue".